中公文庫

新装版

膠　　着

スナマチ株式会社奮闘記

今野　敏

中央公論新社

目次

膠着

主な登場人物

丸橋啓太　スナマチ株式会社の新入社員。営業部営業課配属
本庄史郎　やり手の営業部員。丸橋の教育係
内田真奈美　営業部営業課の庶務を担当する女性社員
西成澄雄　営業部営業課長
加賀渉　販売部員
朝倉　販売部員
四方万砂男　宣伝部員
野毛正三郎　開発部一課の研究者
隅田政夫　開発部一課長
馬場修三　開発部長
園山一郎　常務。社長の息子
園山陽太郎　社長

大北卓　量販店マルコウの店員

1

「丸橋《まるはし》さん、販売から電話ぁー」

庶務担当の内田真奈美《うちだまなみ》が間延びした声で告げた。

丸橋啓太《けいた》は、机上の受話器を取った。販売部は、本社ではなく品川《しながわ》の流通センターにあるので、外線でかかってきている。

「はい、丸橋です」

「マルコウから注文受けたの、あんただね？」

「はあ……」

マルコウというのは、郊外型の量販店だ。大量仕入れで安く売る。問屋を通さずに直接流通センターから納品する。最近はそういう店が増えている。

「水糊《みずのり》、五百ケース、木工用、三百ケース。あんたが、注文受けたんだね？」

正直に言って記憶になかった。マルコウに営業に行った覚えはある。

「そうだと思いますじゃないよ。一桁違ってるんだよ」

「そうだと思います」

「え……？」

相手が何を言っているかわからなかった。「一桁違うって……」

「水糊、五十ケース、木工用、三十ケースの間違いなんだよ」

頭の中が白くなっていった。

「あ……、あの……」

「うちのトラックがマルコウに荷物を運び込んだ。向こうの担当がかんかんだ。こっちだって、はいそうですかと商品を引き上げるわけにはいかない。本社のほうで何とかしてもらわなきゃ……」

「何とかって……、どうすれば……」

「そんなのそっちで考えてよ」

電話が切れた。

啓太はしばらく茫然としていた。どうしていいかわからない。わかるはずもない。

入社してから一ヵ月、御殿場《ごてんば》工場で研修を受けていた。ようやく研修が終わり、営業部に配属になったばかりだった。

いつもなら、担当の営業マンと販売店回りをするのだが、マルコウから注文を受けた日は、たまたま担当の営業マンが年休を取っており、一人で回ったのだ。

顔だけ出して帰るつもりだったのだが、いきなり注文したいと言われ、すっかり舞い上がってしまった。

「どうしたの？」

内田真奈美の声がした。丸顔で色白の真奈美が啓太のほうを見ていた。声をかけられて、受話器に手を置いたまま身動きもせずにいたことに気づいた。

真奈美は、短大卒で採用されたので、啓太よりも四年先輩だが、年は二歳上なだけだ。丸顔で色白。どっきりするほど胸が大きく、ちょっと気になる存在だ。

「やっちまったみたいです……」

「失敗？」

「マルコウの発注、一桁間違えて流通センターに伝えちまったらしいんです」

「一桁多く？　それとも少なく？」

「悪いほう」

真奈美は大きな眼をくるりと回し天井に向けた。

「早く、本庄《ほんじょう》さんに報告したほうがいいわよ」

「ああ、そうですね……」

本庄史郎《しろう》は、やり手の営業マンだ。いつも啓太といっしょに営業回りをしている。こ

から当たり前だ。

のままこの場から逃げ出してしまいたかった。

入社して以来、緊張の連続だ。もっとも、学生時代に自由気ままに生きていたわけだから当たり前だ。

三流私立大学なので、就職には苦労をした。二十社近く会社訪問をして、十社ほどの入社試験を受け、ようやくこのスナマチ株式会社に入社できた。

入社するだけでへとへとになったのだが、実は入社してからのほうがたいへんだった。そこが大学なんかとは違うところだ。社会はやはり厳しい。

学生のときは同年代のやつらと付き合うのだから気楽なものだ。最大の関心事が恋愛だったといってもいいかもしれない。だが、会社に入ると、周囲にはありとあらゆる年齢の人間がいて、それだけでも気疲れしてしまう。

工場での研修はまだ楽だった。新入社員は五名だったが、その連中といっしょに研究所を見学したり、工場の作業を経験したりという内容で、まだ遠足気分だった。

営業部に配属になってからは、物事のスピードが格段に早くなったような気がした。新人は電話番をやらされるのだが、電話のうけこたえ一つでもたいへんだ。敬語の使い方を間違ったり、先方の名前を聞きそびれたりとミスの連続だった。毎日、ぐったりと疲れ果てた。

そういう生活にもようやく慣れはじめた。そんなときに、この大失敗だ。

怒鳴られるだろうな。

啓太は思った。学生の頃は他人に怒鳴られたことなどなかった。

このまま逃げ出したかった。就職せずにニートの道を選んだやつもいた。このまま会社から逃げ出して、自宅に引きこもりニートの仲間入りしてしまおうか……。

だが、啓太には自分にはそんな度胸もないことがわかっていた。せっかく就職できたのに、それを棒に振るなんてできない。

ちょうどそこに、本庄が戻ってきた。三十五歳だというが、いくぶん実年齢よりも老けて見える。営業マンにしては、身だしなみが少々問題かもしれないと、いつも思っていた。

いちおう背広を着ているのだが、その背広はずいぶんとくたびれて見える。ワイシャツの第一ボタンは外れており、ネクタイがいつも少しゆるんでいる。

きちんと整髪しているとは、とても言い難く、常にちょっとだけ乱れていた。

いつもけだるげな態度で、やる気がなさそうに見える。だが、不思議なことに営業マンとしては実に有能なのだと真奈美が言っていた。

本庄は、啓太のことなど関心ないという態度で隣の席に腰を下ろした。カバンをどんと机の上に置くと、スポーツ新聞を読みはじめた。

「あの……」

啓太は立ち上がり、声をかけた。

「あ……？」

本庄は眼だけ啓太のほうに向けた。

「先日、マルコウに行きまして、注文を受けたんですが……」

「マルコウ……？」

「はい、あの、本庄さんがお休みの日に……」

「……んで？」

「あの……、注文を一桁間違えまして……」

本庄の眼が光った。啓太は、恐ろしくて気を失うのではないかと思った。腰から下の力が抜けていく。

「一桁間違えた……？　何をどう間違えたんだ？」

「水糊、五十ケース、木工用、三十ケースをそれぞれ五百ケース、三百ケースと……」

「商品はどうなってる？」

「トラックがマルコウに着いていると、販売から電話があって……」

本庄が立ち上がった。眼がぎらぎらと光っている。

啓太は思わず目をつむった。怒鳴られる。いや、殴られるかもしれない。

「行くぞ」

本庄の声がして、啓太は眼を開けた。本庄は眼を輝かせたまま、不敵な笑みを浮かべている。

怒鳴られも、殴られもしなかった。

「行く……？」

「マルコウだ」

本庄は携帯電話を取り出していた。歩きながら流通センターの販売部やマルコウの担当者に電話をかけている。啓太は慌ててそのあとを追った。

本庄は、なぜかうれしそうだった。怒りのために眼をぎらぎらと光らせているのかと思った。だが、どうやらそうではなさそうだった。まるで、うまそうな獲物を見つけたような顔つきだった。

きっと、俺をマルコウの担当に突き出すんだ。そして、好きにしろと言うに違いない。すると、マルコウの担当者は、俺に商品を全部買い取れと言いだすのだ。本庄は、その俺の姿を見て冷ややかに笑うのだろう……。

啓太は、東京郊外のマルコウに車が着くまで、ほとんどパニック状態だった。

マルコウの倉庫の前に、スナマチ株式会社流通センターのトラックが停まっている。その前で腕組みしているのは、マルコウの担当者だ。販売部員がその担当者と睨《にら》めっこしている。

本庄はその二人に近づいていく。啓太は決定的な判決を下されるのを待つような気分でその後ろに続いた。

「あ、本庄……」

販売部の人がこちらを見て言った。

「朝倉《あさくら》、いつまで睨めっこしている気だ？」

「納品書があるんだ。今さら流通センターに持って帰れと言われても、はいそうですか、というわけにはいかない」

マルコウの担当者は、三十歳前後の目尻がつり上がった男だった。狐のような印象がある。啓太が注文を受けた相手は間違いなくこの狐男だ。

その狐男が言った。

「だからさ、注文どおり、水糊五十ケース、木工用接着剤三十ケースだけ置いていってくれればいいんだよ」

本庄がマルコウの狐男のほうを向いた。啓太は、土下座をさせられるくらいのことは覚悟していた。

「私が受けた注文なんで、そう簡単に十分の一に減らすわけにはいかないんですよ」

狐男はびっくりした顔をした。啓太もこの一言には驚いていた。

「あんたが受けた注文って、こっちの発注は間違いなく水糊五十ケースに木工用三十ケースだったんだ」

「いや、私が聞いたのはたしかに水糊五百ケースに、木工用三百ケースでしたね」

「そんなの、そっちのミスだろう」

「私らもプロなんでね。そういうミスはしないつもりなんですが……」

　啓太は穴があったら入りたい気分だった。

　マルコウの狐男の眼がますますつり上がった。

「なんだよ、あんた。おたくのミスをこっちに押しつけようってのの？　十倍もの糊をどうやってさばけっていうんだよ」

「ブームが来る」

　本庄が言った。

　マルコウの狐男は、虚を衝《つ》かれたように本庄を見つめた。

「ブーム……？　何のブームだ？」

「おたく、うちの水糊や木工用接着剤、どこに並べてます？」

「そりゃあ、接着剤売り場だけど……」

「それじゃあだめだ。糊や接着剤のメーカーなんて世界中にごまんとある。そして、わざわざ糊を買いにマルコウさんに足を運ぶ客はあまりいない」

「そんなことはわかってる。だから、あの数を発注したんだ」

「いや、失礼だが、わかってませんね」

「ばか言うなよ。売ってるのは俺たちなんだ」

「置く場所が違う」

「あんた、うちの陳列の仕方に口を出すのか？」

「私はね、売るためならどんなことにだって口を出しますよ。まず、木工用接着剤は、木材売り場に置かなきゃだめです。日曜大工をやるにせよ、家具の修理をするにせよ、木工用接着剤をかなり使います。材木を買った人がついでに買っていく」

「そんなことは言われなくたってわかっている」

「でも、やってないでしょう？」

「棚は限られているんだ」

「それです」

「なんだ？」

「私はマルコウさんの商品陳列を見ていつも思っていました。これじゃ、旧来のスーパーと変わらないって……。接着剤は接着剤、糊は糊……、コーキング剤やパテはまた別のコーナー……。これじゃ、消費者のニーズにこたえているとはいえない」

「どうすればいいというんだ？」

「さっきも言いました。木工用接着剤は接着剤売り場だけでなく、木材売り場にも置くんです。それだけじゃない。模型売り場にも並べる必要がある」

「模型？　プラモデルはプラモデル用の接着剤がある。模型売り場には瞬間接着剤も置いている」

「なら、どうして木工用も置かないのです？」

「必要がないと思ったからだ」

「今、模型マニアの流れはジオラマなんですよ」

「ジオラマ……？」

「そう。鉄道模型が見直されています。もともと鉄道模型は根強い人気があり、年齢が高いこともあり客単価が高い。鉄道模型といえばジオラマですよ。さらに、戦車のプラモを作る人もジオラマを作る傾向が強い。それが、最近キャラものにも波及してきました。最近はロボットの完成品模型や、接着剤を使わないスナップフィットと呼ばれるはめ込み式のものが多くて、作る欲求が満たされない。その作る欲求がジオラマのほうに向かっているんです。さらに、食玩が人気です。食玩コレクターはただ並べて陳列することに飽き、やがて自分でジオラマを作りはじめる……」

「ジオラマと木工用接着剤がどういう関係があるんだ？」

「ジオラマの材料は木や紙粘土、オガクズなどが主流です。木工用接着剤を大量に使用する」

狐男は次第に本庄の話に引き込まれていった。啓太もつい聴き入っていた。それくらい本庄の弁舌は爽やかで説得力があった。

「さらにです」

本庄は言った。「ジオラマで芝生や樹木の葉を表現するのに、シーナリーパウダーや着色したオガクズを使用しますが、広範囲にそれらをまいて接着するには乾燥が遅い水糊が一番なんです。したがって、模型売り場には水糊も置いたほうがいい」

「そんなことで売れるのか……？」

「売れます」

本庄の口調に迷いはなかった。「さらに、水糊や木工用接着剤は、手芸売り場にも置くべきです」

「手芸売り場……？」

「そう。ドールブームです」

「ドールブーム……？」

「もともとフィギアから派生したのですが、ゴスロリ人気とともに人形に自作の服を着せて持ち歩く女の子のマニアが増えました。彼女らは、自分でドール用の服や小物を作るのですが、その際に水糊や木工用接着剤がおおいに役立つ。水糊は接着するだけではなく、生地《きじ》を固めるのにも使われるんです」

　本庄の話を真剣に聞いていた狐男は、我に返ったように言った。

「そんなことで、十倍もの糊がはけるとは思えない」

「はけます。やってみるといい。要するにやり方次第なんです。水糊と木工用接着剤はきっと消費者に見直されます。ちなみに、うちの木工用接着剤は、マスキングゾルとしても使えます」

「なんだ、それ……」

「塗装のときのマスキングに使うんです。最近のマスキングゾルはゴムのように伸びるのでモデラーの評判がすこぶる悪い。うちの木工用接着剤は、旧来のマスキングゾルのように固まった後はビニールのようになります。まあ、使うにはちょっとしたコツがいりますがね……」

「そんなことを知っている消費者がどれくらいいると思ってるんだ」

「だからやり方次第だと言ったでしょう。いいでしょう。ジオラマに使用する方法、ドールの衣装に使用する方法、マスキングゾルとして使用する方法、その他いろいろ……。そういう宣材を何種類か作りましょう。それをいっしょに陳列してください」

「それで、十倍もの糊がさばけるのか……」

「だいじょうぶです。この近所に何軒か建築事務所がありますよね。彼らは完成品模型を作る。そういう人たちにもアピールが必要です」

「だがね……」

狐男は言った。「売り場ごとに商品の担当が決まっているんだ。接着剤の担当が模型売り場の陳列に口を出したことはない」

「それは、おたくの社内の問題ですね。売るチャンスを逃しているということです。そうした垣根を取っ払うのはそれほど難しいことですか？」

狐男はしばらく考え込んだ。

「いや、そうでもないと思う」

「やってみる価値があるとは思いませんか？」

「やれるかもしれないな……。本当に、今言ったアイディアを宣材にしてくれるんだろうな？」

「もちろんです」

狐男はまた何かを熟慮していた。長い時間の後、彼は言った。

「よし、あんたの言葉に乗ってみよう」

本庄はにっこりと笑った。

「納品書にサインをいただけますか？」

狐男はサインした。

啓太はすっかり舌を巻いていた。間違って納品した十倍もの商品が返品を免《まぬか》れたのだ。本庄は何ら対価を払うことなく、口だけで相手を納得させてしまった。

本庄は啓太の失敗の尻ぬぐいをしてくれた。啓太はすっかり恐縮していた。

「おい、わかってるな」

帰りの車の中で、突然本庄が言った。

「は……？」

「マルコウに販売用の宣材を作るのは、おまえの仕事だぞ」

「あ……」

「おまえが受けた注文だ。当然だろう」

「はい……。あ、でも、僕はジオラマだとかドールだとかのことはよく知りません」

「俺だって知らねえ」

「え……」

「適当にでっち上げただけだ。ちょうど、昨日のテレビで、鉄道模型だのドールだのの特集をやっていたんでな……」

啓太はびっくりした。

「じゃあ、口からでまかせですか……」

「そうだよ。だが、相手は納品書にサインをくれた。それが重要だ。そうじゃねえか？」

「はい……」

「水糊と木工用接着剤の使い道、おまえが調べて宣材を作れ。それにしても……」

本庄はくっくっと笑った。「注文の十倍の納品かよ。久しぶりに燃えたぜ」

啓太は気づいた。

失敗を報告したときの、本庄の眼の輝き。あれは、怒りのためではない。彼は事実うまそうな獲物を発見したのだ。

本庄というのは、そういう人だったのか……。啓太は半分あきれ、半分感心していた。

本社に戻ると、啓太はマルコウ用の宣材作りに忙殺されることになった。模型雑誌でジオラマのことやドールのことを調べた。

それだけではとうてい情報量が足りないので、思いつくありとあらゆる情報をインターネットであさった。

木材売り場や、模型売り場、手芸用品売り場など、それぞれの売り場に合った宣材を作らなければならない。

真夜中まで残業することになったが、文句は言えない。もともとは、啓太がまいた種なのだ。

それにしても、糊や接着剤についてこれほど真剣に調べたのは初めてだ。スナマチ株式会社は、かつては砂町糊本舗という名前で、その名のとおり糊の販売業者だった。

その後、ラテックス系や合成樹脂などの接着剤も手がけるようになり、株式会社となった。今では、接着剤の総合メーカーだ。上場もしている。

本社は、江東《こうとう》区北砂《きたすな》にある。会社名の由来は、この地名だ。近くに砂町銀座という商店街がある。流通センターが品川にあり、工場が御殿場にある。とはいえ、決して大きな会社ではない。接着剤メーカーの中でも小規模なほうだ。

啓太は別に接着剤に興味があったわけではない。工場で研修を受けるまで、接着剤のことなど何も知らなかったと言っていい。就職できればどこでもよかったのだ。

深夜の営業部は静まりかえっている。啓太は大きく伸びをした。このまま徹夜になるかもしれない。

自業自得だと思いながらも、なんでこんなことをやらされなければならないのかと、つい思ってしまう。面倒なことは後回し。学生の頃はそれで通用した。

やっぱ、仕事ってしんどいよな……。

啓太は心の中で独り言をつぶやいていた。

2

「敵対的TOB……？　何の話だ？」

「だからさ、うちが狙われているって……」

昼食を済ませてエレベーターに乗ると、どこかの部署の二人が話をしていた。入社して間もない啓太は、その二人がどの部署の誰か知らない。ボタンパネルの前に立ち、彼らに背を向ける形で話を聞いていた。

「こんなチンケな会社を乗っ取ろうとする物好きがいるってことか？」

「株価は安いが、うちは医療用接着剤なんかでいくつか特許権《パテント》持ってるじゃない。狙い目なんだよ」

スナマチは、チンケな会社なのか……。

何だか情けなくなってきた。

営業部がある三階でエレベーターを降りたので、それ以上の話を聞けなかった。席に戻ると、本庄がほとんど徹夜で仕上げた宣材を眺めていた。

「おう、いいできじゃねえか」

「そうですか」

褒められて悪い気はしない。

「じゃあ、俺これ持ってマルコウに行ってくるから……」

「あ、いっしょに行っていいですか？」

本庄は啓太をじろりと見据えた。

「俺の手柄を横取りしようってんじゃないだろうな？」

「まさか、そんな……」

手柄を横取りするも何も、営業マンとして半人前なのだから、どんなに売り上げを伸ばそうが啓太の実績にはならない。営業マンとして本格的に評価の対象になるのは、まだ先のことだ。

「じゃあ、ついてきな」

本庄は、営業車に乗り込んだ。入社して以来、天気のことなど気にする余裕などなかった。梅雨が近いと朝のニュース番組の、お気に入りのお天気おねえさんが言っていたが、今は薄日が差している。

本庄は愛想よく世間話をするタイプではない。むっつりとハンドルを握っている。啓太はついうとうととしかけた。昨夜はほとんど眠っていない。営業部の来客用ソファで朝方仮眠を取っただけだ。

このままでは眠ってしまう。先輩が運転する車の助手席で眠るのはまずい。啓太は、本庄に話しかけることにした。

「スナマチが敵対的ＴＯＢの標的にされそうだって話、知ってます？」

「あ……？」

本庄は正面を見たまま、面倒くさげに言った。「何だ、それ」

「さっき、エレベーターの中で誰かが話しているのを聞いたんです」

「誰かって誰だ？」

「わかりません。まだ他部署の社員の人、ほとんど知りませんから……」

「詳しく話してみろ」

啓太は、できるだけ正確にエレベーターの中の会話を思い出そうとした。

「スナマチは株価が安くて、それで、何かのパテントを持っているから、狙い目なんだって……」

「上の階の連中か？」

「ええ、僕は三階で降りて、その二人はさらに上に行きました」

「役員かもしれないな。まったく、そういうことをエレベーターの中で話すなんて、危機意識がないな……」

「会社、乗っ取られるんですかね……」

「おまえ、TOBって何か知ってるのか?」

「えーと……。いえ、よく知りません」

「そんなことだろうと思ったよ」

「どういうことなんです?」

「株の公開買い付けだ。取引所を通さずに買い付ける」

「どうして取引所を通さないんですか?」

「限られた期間内に、大量の株を買いたい。そのために時価よりも高い株価を設定して売り手を募集するんだ」

「へえ……」

「ふうん……」

本庄は、考え込んだ。

啓太は、今聞いたTOBについての説明を頭の中で繰り返していた。

本庄が言った。

「この時期にTOBか……。スパイがいるな……」

啓太はびっくりした。

「スパイですか？」

「今、開発部で新しい接着剤の研究をしている」

「それが成功すれば、株価も上がるというわけですか？」

「ああ。だが、開発には時間がかかる。株価が上がる前に買いあさる気だな……。問題は、ＴＯＢを仕掛けてくるのが何者かということだ。単純に考えれば、大手の同業他社ということになるが……」

「海外資本ですかね？」

「あり得るな……。スナマチの糊は規模の割には世間に名前が知られている。おかげで、営業力もそこそこに強い。町の文房具屋なんかには、黙っていても品物が入る」

「おまけに、いくつかパテントも持っているわけでしょう？」

「そういうことだな……」

「でも、こういう会社の開発部って、常に新商品を開発しているわけでしょう？」

「今回のは画期的な接着剤になるはずだと、開発部では言っている。だから、その内容に関しては極秘事項なんだ。俺たちも、どんなものを作っているのか知らない」

「その計画が、他社に洩《も》れたと……？」

「そう考えれば、話の辻褄《つじつま》は合う」

それにしても、スパイなどと……。啓太は思った。どうも、ぴんとこない。スナマチ株式会社は啓太から見ても冴えない会社だ。

本社ビルはひどくくたびれているし、流通センターなどとそれらしい名前がついているが、倉庫にプレハブの社屋がくっついているに過ぎない。そのプレハブの中に販売部があるのだ。

御殿場工場も決して近代的な建物とはいいがたかった。工場に隣接して独身寮があり、新入社員はそこに寝泊まりして研修を受けたが、その部屋はかび臭く、じめじめしていた。

工場の人たちは、御殿場の気候のせいだと言っていたけれど、明らかに寮の建物の古さも影響している。

そんなスナマチが画期的な接着剤を開発しているという話を聞いても、今ひとつ実感がわかない。

「いいか」

本庄が言った。「ＴＯＢの話も、新接着剤開発の話も、産業スパイの話も、絶対に口外するな。友達にも親にもしゃべるな。スナマチの将来に関わる話だ。わかったな」

「はい」

大げさだなと思いながらも、啓太はうなずいた。

マルコウの狐男は、大北卓《おおきたすぐる》という名だった。大北は、啓太が作った宣材を仔細《しさい》に眺めて言った。

「まあ、とにかく騙されたと思って言われたとおりにやってみるよ」

騙したも同然かもしれない。啓太はひそかにそんなことを思っていた。

「だいじょうぶ。追加の注文したくなりますよ、きっと」

本庄は涼しい顔だ。

「ねえ……」

マルコウの大北が言った。「スナマチさんが、スリーマークの子会社になるって、本当?」

本庄が不意を衝かれたようにのけぞった。

「誰がそんなことを言いました?」

「噂だよ、噂」

「そんな話、聞いたことありませんねえ」

「でも、よく言うじゃない。火のないところに煙は立たないって……」

「誰かの勘違いってこともあります」

「へえ、そうなんだ……」

大北は、納得したとは言い難い表情だった。マルコウからの帰り道、啓太は本庄に言った。

「ＴＯＢを計画しているのって、スリーマークだったんですね……」

スリーマークは、もちろん接着剤も扱っているが、もともとは研磨剤や粘着テープなどでパテントを持っており、今では総合的な化学工業の大企業だ。

「どうやらそうらしいな……」

本庄は、それほど関心のない様子で言った。だが、これがなかなか曲者《くせもの》だと啓太は思った。本庄の本心を読み取るのは難しい。

いつも、どこか投げやりでやる気のなさそうな態度だが、本当にそうなのかどうかはわからない。

「スリーマークとうちじゃ、勝負になりませんね」

「まあな……」

「いずれ、乗っ取られちゃうんですかね？」

「そのほうがいいか？」

啓太は、即答できなかった。たしかに、スナマチの社員というより、スリーマークの社員というほうが、ちょっと恰好いいような気がしていた。

「よくわかりません」

啓太は結局無難にこたえておくことにした。

本庄は、相変わらず気のない様子で言った。「スリーマークの資本金は、約二百億。うちのざっと四百倍だ。外資系だし、恰好いいよな」

何だか心の中を見透かされたような気がした。

「だけどな、日本スリーマークは、アメリカの本社が七十五パーセント出資している完全子会社だ。やり方は、完全にアメリカ式だし、きついぞ。能力主義で、社内の競争が激しい。負け犬は即クビだ」

「そうなんですか?」

「うちは、町の糊屋から出発しているし、長い間同族会社だったから、その点はかなりのんびりしている。近代的とは言えないし、市場に取り残されるという批判もあるが、いいところもたくさんある」

「ええ、そうですね……」

実感がないので、適当に相づちを打つしかない。

本庄はちらりと啓太を横目で見た。それきり、本庄は何もしゃべらなかった。啓太は責められたような気分になった。

本社に着くと、車を降りる前に本庄が言った。

「いいか。今日聞いたことは誰にも言うな」

「たしかにな……」

「スリーマークのことですか？」

「それも含めて、何もかもだ」

「でも、エレベーターの中で噂話していたんですよ。みんな知っているかもしれませんよ」

「それでも、しゃべるな。話を振られても知らん顔していろ」

「どうしてです？」

「誰かが故意に噂を流して、スパイを燻《いぶ》しだそうとしているのかもしれない。うかつに話に乗ると、スパイの疑いをかけられるかもしれないぞ」

どうしてそういうからくりになるのか、ちょっと理解できなかった。もしかしたら、本庄にもわかっていないのかもしれない。

だが、入社したばかりで妙な疑いを持たれるのはもちろん極力避けたい。

「わかりました。何もしゃべりません。知らんぷりをしています」

本庄は、確認するようにしばらく啓太を見据えていた。やがて、彼は言った。

「それでいい」

その日は一日中くたびれていた。前夜、宣材作りでほとんど寝ていないのだから当然だ。一刻も早く家に帰って眠りたいと思った。だが、先輩たちより先に帰るわけにもいかない。

最近の若いやつらは、そういう心がけがなっていないとよく世間では言われるが、不心得者は少数派なのだ。多くの若者は、何とか会社に馴染《なじ》み、社会の一員になろうと必死なのだ。

特に啓太は、自分には何の取り柄もないと思っているので、会社をクビになるのだけは避けたい。この就職難の折に、ようやく入社できたのだ。

終業時刻を三十分ほど過ぎて、ようやく本庄が帰りじたくを始めて、啓太はほっとした。

庶務の内田真奈美がちらりと啓太を見て言った。

「ねえ、今日、暇?」

「は……?」

「夕食付き合わない?」

啓太はびっくりした。ちょっと気になる先輩女子社員からのお誘いだ。

「あ、あの……」

啓太はうろたえて、思わず本庄に尋ねていた。「いいですか?」

本庄は、面倒くさそうに言った。

「何で俺に訊くんだよ」

「ねえ、行くの？　行かないの？」

「あ、行きます、行きます」

啓太は、慌てて真奈美のあとを追った。啓太は、本庄に言った。

「すいません。お先に失礼します」

本庄はかすかに意味ありげな笑いを浮かべただけだった。


「それで、どうしてこの会社、受けたわけ？」

真奈美は浅草にある古い居酒屋に啓太を連れて行った。いかにも老舗《しにせ》という感じだ。ここの揚げ出し豆腐が名物らしい。

ビールを二杯あけると、真奈美は頰を赤くして啓太に尋ねた。ちょっと眼がとろんとしている。ひどく色っぽかった。

「会社の伝統と事業のバリエーションに興味を持ちまして……」

「面接じゃないんだから、そんな教科書通りの返事はしなくていいの」

「たいした理由があったわけじゃないんです。新卒を募集していて、何とかひっかかりそうなところを片っ端から……。就職先って、大学の格でほぼ決まっちゃうでしょう？　マスコミとか人気企業は国立のいい大学か有名私立大学じゃないとなかなか入れませんし……」

「なるほどね……」

「内田さんはどうしてスナマチに……？」

「短大に人事担当が企業紹介に来てね、その場でパンフレットもらって……。ちょっとしたコネもあったし、まあいいかってな感じ……」

「コネって……？」

「まあ、たいしたもんじゃないけど……」

先輩か何かだろうか。

似たようなものだな……。啓太は思った。今年の新入社員は五人。開発に二人、あとは宣伝と販売。いずれも、入社の動機なんて似たようなものだと思う。

いや、開発の二人はちょっと違うかもしれない。彼らは、新製品の開発や改良の研究に携わることになる。もちろん理系の出身だ。専門知識を活かすチャンスなのかもしれない。

宣伝と販売に行った二人は啓太と似たようなレベルの大学の出身者だ。彼らもスナマチに救われたようなものだ。

啓太と真奈美はカウンターに向かって並んで腰かけていた。真奈美の胸元がちょっと開いていて、豊かな膨らみが気になった。

誘われるままに来てしまったが、二人きりで飲みに来たりしてよかったのだろうか。

実は、誘われるのなら別な日にしてもらいたかったというのが正直なところだ。とにかく疲れ果てていた。だが、真奈美だって先輩社員なのだ。先輩社員の誘いは断るわけにはいかない。

そして、何より真奈美はグラマラスで魅力的な女性だ。誘われた瞬間は疲れを忘れた。だが、アルコールが入ると眠たくなってきた。

「マルコウに十倍の納品、押しつけちゃったんですって？」

ちょっとだけ目が覚めた。

「ええ。でも僕がやったわけじゃありません。本庄さんですよ」

「やっぱりあの男、ただ者じゃないわね……」

「叱られると覚悟していたんです。でも、注文を一桁間違えたと伝えたとたん、眼の色が変わった……。そういう人なんですね」

「そういう人なのよ。営業の能力はピカイチ。だけど、普段は何を考えているかわからない。彼はね、どんなものでも売り込んでみせると豪語しているの」

「すごいですね」

「すごいのは、ただ大口を叩いているだけじゃないってこと。本当にどんなところにどんなものでも売り込んでしまう。建築や内装では、大量に接着剤を使うけど、その分野でわが社は後発だった。けど、あるときホルムアルデヒドが問題になり、その業界の人たちは新しい接着剤を必要としていたわけ。そこで、本庄さんの出番。スナマチの製品が他社に比べてどれだけ安全で優れているかをしゃべりまくり、いくつかの大口注文を取ってきたの」

「あの人なら、それくらいやりそうですね」

本気でそう思った。

「警察に、シアノアクリレート系接着剤を売り込んだって話、知っている？」

「いえ……。シアノアクリレートって、瞬間接着剤のことですよね」

「へえ、いちおう、知ってるんだ」

「研修を受けたばかりですからね……。でも、警察に瞬着って……」

「指紋の検出に使うのよ。知らないの？」

「すいません」

「比較的新しい指紋には水分が残っている。シアノアクリレートって、水分で重合反応が促進されて固まるでしょう？　指紋検出をしたい対象を容器の中にいれて、瞬間接着剤を蒸発させる。すると、水分と反応して指紋が浮き上がるわけ」

「警察は、スナマチの接着剤を使っているんですか？」

「お役所だから、納入先は決まっているんだと思うけど、所轄によってまちまちという場合もあるらしい。本庄さんは、そこに眼を付けて、都内の所轄署を片っ端から当たった。ある警察署から注文を取ってきた。それ以来、その警察署ではスナマチの瞬着を使っているわ」

「でも、そういうのって、小口ですよね。やっぱり一番重要なのは小売店でしょう？」

「女子高生の間でルーズソックスがはやったでしょう」

「ええ」

「ソックスを止めるための専用のスティック糊が大ヒットしたわけ。すると、あの人、ただの水糊をファッションビルのブティックなんかに持ち込んだの。こっちのほうが安くて使い勝手がいいって……。水糊は前年比の三倍の売り上げになったわ」

「すごいですね」

「でも、誰にでもできる仕事には燃えないみたいね」

　それはなんとなくわかるような気がした。

　ちょっと興味深い話になり、目が覚めてきた。真奈美はさらにビールを注文した。かなり酒は強そうだ。

「あなた、ついこないだまで御殿場工場にいたのよね？」

「ええ。一ヵ月、研修を受けていました」

「工場、どうだった？」

「どうって……。いろいろな製品の工程にちょっとずつ関わって……。でも、ほとんど機械化されているんで、見学に行ったようなもんですね」

「開発部は見学したの？」

「いちおうは……」

スナマチの開発部は、開発一課と開発二課に分かれている。かつては、開発一課はデンプンや膠《にかわ》などの天然高分子を原料とするものを扱い、開発二課が合成樹脂など合成高分子を原料とするものを扱うというふうに役割が分かれていた。だが、今は互いに研究の分野が入り組んでいるという説明を受けた。

つまり、一課でも合成高分子の研究をするし、二課でも天然の高分子を見直しているということだ。

これまで合成樹脂などを手がけていた二課が、デンプンなどを見直しはじめたのは、主に環境問題に配慮してのことだという。

特に、建設用に使用される接着剤のホルムアルデヒドが問題になって以来、両開発部とも自然にやさしい接着剤というのが一つのテーマになっているということだ。

「開発一課に野毛《のげ》という面白い人がいるんだけど、知ってる？」

「いいえ。開発部では通り一遍の説明を受けただけですから……」

「ふうん……」

啓太はふと気になって尋ねた。

「あの……、その開発一課の野毛さんがどうかしたんですか？」

真奈美は、ひたと啓太を見つめた。啓太はうろたえた。それから、真奈美はわざとらしく周囲を見回してから言った。

「画期的な製品を開発しているという話、知ってる？」

本庄からは、今日聞いたことは何もしゃべるなと言われている。だが、商品開発の話ならばかまわないだろう。啓太はそう判断した。

「ええ、本庄さんから聞きました」

「その新製品ね、開発一課の野毛さんが中心になって進めているの」

「へえ、優秀な人なんですね」

「どうかしら……」

「どうかしらって……」

「とんでもない妙な人なのよ。これは、あたしが入社するずいぶん前のことなんで、聞いた話なんだけど……。ある日、大発明をしたって開発部長のところに飛び込んできたというの……」

「ほう……」

真奈美の話によると、野毛という人は、アセトンをゲル状の基剤に均一に混入することに成功したと大騒ぎしていたそうだ。アセトンはシアノアクリレート系接着剤を溶かす。

ゲル状の基剤で安定させたアセトンをチューブに入れて販売すれば、瞬間接着剤をはがすための商品として売れるに違いない。野毛はそうまくしたてた。

瞬着というのは、皮膚などに着くとなかなかやっかいだから、それをはがすための商品は消費者に広く受け容れられるに違いない。野毛の言葉は、そう続いた。

興奮する野毛の目の前に開発部長が突きつけたのは、瞬間接着剤はがしのチューブだった。そんなものはとっくに他社で商品化されていた。

野毛はぶつぶついいながら、研究室に戻って行ったそうだ。

「要するに、ちょっとずれてるのよ」

真奈美が言った。

啓太はびっくりした。

「そんな人に、会社の命運を左右する新商品の開発を任せていいんですか？」

「ずれてるだけに、当たったときは大きいの。これまで、いくつもヒット商品を開発している」

そこまで言って、真奈美はふと気づいたように啓太のほうを見た。

「会社の命運を左右するって、どういう意味？」

啓太は、しまったと思った。何とかその思いを表情に出すまいとした。

「だって、画期的な開発なんでしょう？　成功すれば会社はおおいに儲かるし、失敗すれば開発費が無駄になるわけです」

「あなたが言いたかったのは、それだけ？」

「そうですよ。他に何があるんです？」

　啓太は聞き返してみた。もしかしたら、真奈美もＴＯＢのことを知っているかもしれない。

　真奈美は急に興味を失ったように正面に向き直り、いい色に仕上がっているキンピラゴボウを口に放り込んだ。

「工場で何か聞いてきたのかな、と思って……」

「工場で？　何をです？」

「新製品の噂とか……。合成樹脂か天然成分かくらいのことは話題になっていなかった？」

「知りませんよ。だって、極秘事項なんでしょう？　それに、そんな話を誰かがしていたとしても、僕なんかにはちんぷんかんぷんですよ」

　もし、誰かが重要な情報を洩らしていたとしても、実際そうだったに違いない。研修の内容はなんとか理解できた。だが、営業部配属になってから初めて会議に出たときは、茫然とした。外国に来たのではないかと思った。

それくらいに、話のペースが早い。専門用語も飛び交うし、企業独特の言い回しも多い。学生時代の会話とはまったく違う。普段、先輩社員や上司が話している内容にもなかなかついていけない。

「ま、そうよね……」

真奈美が言った。「新人じゃあ、しょうがないか……」

啓太は、ちょっと落ち込んだ。社会人になるというのは、大きなワンステップだ。ステージが変わるたびに人は無能者になる。おそらく一年も経てば慣れてきてそれなりの実力を発揮できるようになるのだろうが、それまではいわゆる半人前でしかないのだ。それはわかっているのだが、こうして魅力的な先輩女子社員にあからさまに半人前扱いされると、情けなくなってくる。

啓太は、ふと疑問に思った。

どうして、真奈美は工場での噂話などを気にするのだろう。

本庄が、社内に産業スパイがいると言っていたのを思い出した。

まさか、と思いながら尋ねた。

「新製品のこと、知りたいんですか？」

真奈美はよく光る大きな眼を啓太に向けた。

「そりゃあね。気になって当然でしょう」

「そうですかね……」

「あなたね、女子社員のことをみくびってんじゃない？　そりゃあうちの会社の体質はけっこう古いから、女子社員、特にあたしみたいな短大卒は、庶務なんかの事務仕事しかやらせてもらえない。でもね、あたしたちがいつまでもそんな仕事だけに甘んじていると思ったら大間違いよ。業界のことを勉強している子もいる。マーケットのことを勉強している子もいる。あたしだって、スナマチの経営のことは考えるわよ」

　啓太はびっくりした。

「あ、いや。みくびってなどいません。そんな、とんでもない……」

　そう言うのが精一杯だった。

「今のままのスナマチじゃ女性社員は報われない。体質の改善なんて甘っちょろいことじゃだめよ。根本的な改革が必要なのよ……」

「どういう会社が望ましいと思いますか？」

「一言で言えば能力主義ね」

「例えば、外資系のような？」

「そうね。女性の雇用のあり方を改めれば、投資家に好感を持たれて、株価も上がるかもしれない」

　これは、真奈美がスリーマークによる買収を望んでいるとも解釈できる。

いや、だが、それは考えすぎかもしれない。たしかに、スナマチには女性管理職はいない。真奈美が言うとおり、会社の体質は古い。それに不満を持っている社員はたくさんいるかもしれない。

「どうして、僕に工場のことなんかを訊いたんですか?」

「あたしたちが工場に行くことなんてあり得ないからよ。地方へ行くとしたら、組合の大会くらい。それ以外は、ずーーーっと、あの暗い本社ビルの、三階の、営業部営業課のデスクに座ってなきゃいけないわけよ」

こたえになってない。だが、本当にそれだけなのかもしれない。

「僕を食事に誘ってくれたのは、工場で何か見聞きしたかもしれないと思ったからですか?」

真奈美が啓太を見た。眼が少しすわってきた。

「迷惑だったの?」

「いえ、うれしかったです」

「なら、いいじゃない」

「いやあ、ほんと、光栄なんですけど……」

「キャンセルが入ったのよ」

「は……?」

「食事の約束があったんだけどね。キャンセルされたの。ここ、予約してあったし……。だから、一番そばにいた、あなたを誘ったってわけ」

「はあ……」

ちょっと、へこんだ。別に落ち込む必要はないのだが、なぜか体の力が抜けていった。本来の食事の約束というのは、やはり彼氏とだろうか……。

どっと疲労感が押し寄せてくる。

「あなた、カラオケ好き？」

啓太は面食らった。

「カラオケですか？　嫌いじゃないですけど……」

学生時代は、けっこうカラオケに行く機会が多かった。合コンの二次会などはたいていカラオケだ。

「よし、じゃあ、付き合いなさい」

「あ、いや……」

昨夜、ほとんど寝てないのだと言おうと思ったが、それくらいでは許してもらえそうにない雰囲気だ。

近くのカラオケ屋に移動するはめになった。密室に二人きり。カラオケというのは、なかなか淫靡《いんび》な場所だ。

だが、そんな雰囲気は微塵もなかった。真奈美は勝手に曲を入れてどんどん歌いはじめた。それほどうまいとは思えない。

啓太もヤケになって歌いまくった。

自宅に帰り着いたのは、一時過ぎだった。

3

朝からなんだか、雰囲気が妙だった。部長がずっと席を外している。社内の空気が張り詰めているように感じられる。

ベテランの営業マンたちは声をひそめて何かを話し合っていたし、若手の営業マンは不安げにその様子を眺めている。

本庄だけがいつもと変わらなかった。スポーツ新聞を読んで苦い顔をしている。ひいきの野球チームが昨夜負けたのかもしれない。あるいは、競馬の予想でもしているのか……。

「何かあったんですか?」

「ああ?」

本庄は、顔を上げた。

「何か、社内の雰囲気、変じゃないですか?」

「そうか?」

「なんかぴりぴりしてません?」

「俺は知らんよ」

嘘だと、直感的に思った。

本庄は理由を知っている。知っていながら、余計なことはしゃべらないと決めているのだ。ならば、これ以上何を尋ねても無駄だ。

「それより……」

本庄は言った。「眼が赤いじゃないか。昨夜は遅かったのか?」

「ええ、まあ……」

本庄はにやりと笑った。

「真奈美とどうにかなったか?」

「カラオケに連れて行かれました」

「ほう……」

「あの人、二十曲以上歌ってましたよ」

「そいつは災難だったな」

真奈美は、昨夜のことなどなかったかのように、いつもと変わらない態度だった。まあ、ピンチヒッターだったのだから、あたりまえか……。

「さて、お得意さんでも回ってくるか……」

　本庄が伸びをしてから立ち上がった。午前中から営業回りをするのは珍しい。啓太は外出の用意をした。

　営業車に乗り込むと、本庄はさりげない口調で啓太に尋ねた。

「昨夜、真奈美と何を話した？」

「え……？」

　啓太は不意を衝かれた。「何って、いろいろ……」

「何か訊かれなかったか？」

　啓太はどこまでしゃべるべきか考えた。だが、考えてもわからないので、結局隠さずしゃべることにした。

「工場で何か新製品についての噂を聞かなかったかと尋ねられました」

　本庄は啓太のほうを見た。

「何か知ってるのか？」

「いいえ。噂なんて聞きませんでした。第一、何か聞いたとしても何のことかちんぷんかんぷんですよ」

「なるほど。猫に小判というわけか」

「機密事項でしょう？　噂になんてなるはずないじゃないですか」

「そうでもない。どんなに厳しく箝口令《かんこうれい》を敷いても、必ず情報は洩れる。開発の者同士がうっかり廊下なんかで立ち話をして、それが製造の連中に聞かれるなんてこともあり得る。そうか……。工場に研修に行っていたおまえに眼を付けるとはさすがだな……」

「それ、どういうことです？」

「真奈美だよ。おまえは探りを入れられたんだ。情報源として取り込むつもりかもしれないから気をつけろ」

「探りを入れるって……。僕はただの穴埋めだったんですよ。内田さんは誰かと食事の約束をしていて、ドタキャンを食らったんだって……」

「それをそのまま信じるんだから、真奈美にとっては御しやすい相手だよな」

いくら鈍い啓太でも、本庄が何を言おうとしているかは理解できる。

「つまり、内田さんがスパイだということですか？」

「確証はない。だが、俺はそう睨んでいる」

「そういえば、内田さん、スナマチの体制に批判的でした」

「ほう……」

いつになく本庄は興味をむき出しにしている。「どんなことを言っていた？」

「体質が古すぎるって……。女性が出世できる余地がないというようなことを言っていました。能力主義にすべきだとか……」

「つまり、スリーマークのような会社にすべきだということだな」

「いや、あくまで一般論かもしれません」

「また誘われたら、絶対に断るな。付き合って、真奈美の動向を探るんだ」

「え……、でも……」

何だか妙なことになってきた。「もう誘われないと思いますけど……」

本庄は考え込んだ。

「そうかもしれない。だが、真奈美は自分の味方を増やしたいと考えるかもしれない。新入社員はニュートラルだから狙われやすい」

「はあ……」

本庄は本気だろうか。なんだか、スパイごっこをしているような気がする。まったく現実感がない。

だが、本庄は現時点で啓太の『師匠』だし、マルコウのミスをちゃらにしてくれた。言うことをきかないわけにはいかない。

「さて、でかけようか」

本庄はようやくエンジンをかけた。どうやら、内田真奈美がいないところで話をしたかったらしい。

「あの……」

啓太は疑問に思っていることを思い切って言った。「スパイって、もっと経営の中枢というか、上のほうにいないと意味がないんじゃないですか？」

本庄がちらりと啓太を見た。啓太は慌てて続けた。

「いや、そんな気がしただけで、別に逆らうつもりはないんです……。ただ、営業の庶務をやってる女の子が探れる情報なんてたかが知れてるじゃないですか」

「ふん。おまえもばかじゃないな」

「誰が考えたってわかりますよ」

「真奈美が女だということを忘れるな」

「はあ……？」

「事実、おまえはあいつに食事に誘われたら、尻尾《しっぽ》を振ってついていった」

「別にそんなつもりは……」

「真奈美は人気があるんだよ。特に中年社員にはな。オヤジ殺しといわれている。色白でぽっちゃりしているのがいいんだろう。巨乳だしな。部長クラスや重役の中にもあいつのファンがいるくらいだ。だから、上層部から情報を得ることも不可能じゃない」

「色仕掛けという意味ですか？」

「古風な言葉を知ってるな。ま、そういうことだな。ピロートーク・インフォメーションだ」

何だか、真奈美を侮辱されたように感じて、啓太は不愉快だった。なぜ、不愉快になるのか、自分でもよくわからない。

「社内がぴりぴりしている理由、ご存じですよね」

本庄がうなずいた。

「真奈美のそばで余計なことは言いたくなかった」

「何があったんです？」

「部長以上が緊急招集された。会議をやっているらしい」

「何の会議です？」

「内容までは知らんよ」

「ＴＯＢの件ですかね？」

「まだ、どこもＴＯＢは発表していないはずだがな……」

「発表されてから対応を考えるのでは遅いでしょう」

本庄が意外そうな顔で啓太を見た。

「おまえ、三流私立大学の出身だよな」

「ええ、まあ……」

「それにしては、なかなか切れるじゃないか」

学校の成績と頭の善し悪しはあまり関係ないと思う。特に、大学受験は暗記力と試験のテクニックが大きくものを言う。
だが、啓太は何も言わないことにした。
本庄は車のセレクターレバーをRに入れて、駐車場から営業車を出した。

4

一日中営業回りをしていた。といっても、本庄のペースだ。途中で茶を飲んだり、昼飯をゆっくりと食べたりという調子だった。

午後四時頃、本庄の携帯電話が鳴った。本庄は電話に出ると、ただ一言「わかった」とこたえた。

電話を切ると、啓太に向かって言った。

「会社に戻るぞ」

「何かあったんですか？」

「知らん。真奈美からの電話だ。課長が戻ってこいと言っているらしい」

会社に戻ると、営業課長の西成澄雄《にしなりすみお》が本庄を手招きした。本庄が課長の机の脇に立った。

「御殿場工場に行ってくれ」

西成課長の声が聞こえた。啓太は、そっと真奈美の様子をうかがった。彼女がスパイかもしれないという本庄の言葉を本気にしたわけではないが、やはりちょっと気になった。

真奈美は課長のすぐ脇の席だ。彼女はちらりと課長と本庄のほうを見た。これは、通常の反応だろうか。啓太には判断がつかない。

「工場ですか?」

本庄が課長に言った。

「そうだ。明日朝一番のロマンスカーのチケットを押さえる」

「何事です?」

「会議がある。新しいプロジェクトチームを組むことになった。営業からは、おまえに白羽の矢が立ったというわけだ」

「また、急な話ですね……」

「ビジネスはスピードとフットワークだよ」

西成課長は絵に描いたような中間管理職だ。眼鏡をかけて白髪が混じっている。営業成績を上げることだけではなく、上の顔色をうかがうことにも神経を使っているのがよくわかる。

西成を初めて見たとき、へえ、本当にこういう課長がいるんだと思った。あまりに典型的なのだ。

「わかりました。丸橋を連れて行ってもいいですか？」

啓太は自分の名前が出てびっくりした。

「丸橋……？」

課長が啓太を一瞥した。「なぜだ？」

「あいつを一人で置いていっても仕事になりませんよ」

本庄の言葉に課長は考え込んだ。

「誰か他の者に付かせればいい」

「いや、あいつの面倒は俺が見ると決めたんです。課の方針もそうだったでしょう？」

真奈美がまたちらりと本庄を見たのに気づいた。

西成課長は顔をしかめた。どうしたらいいか、決めかねている様子だ。追い討ちをかけるように本庄が言った。

「新しいプロジェクトチームなんでしょう？　新人の新鮮な意見も役に立つかもしれない」

やがて、西成課長はうなずいた。

「いいだろう。だが、プロジェクトの内容は極秘だ。それを丸橋君にも徹底しておいてくれ」

本庄が席に戻ってきたので、啓太は小声で尋ねた。

「僕も御殿場工場に行くんですか？」

「ああ。課長との話、聞いてたろ？」

「どうして……？」

「おまえ一人にして、スパイに取り込まれたら困るだろう」

冗談か本気かわからなかった。冗談だと思うことにした。

「新プロジェクトって、何でしょうね？」

「決まってるだろう。新しい接着剤が完成したんじゃないのか？　それを売り出すためのプロジェクトチームだ。おそらく、開発や営業だけでなく、宣伝部や販売部からも参加するはずだ」

「そんな重要なプロジェクトチームに、僕が加わっていいんでしょうか？」

「おまえは、俺のオマケだ」

事実だろうけれど、何もそんなにはっきり言わなくても……。

本庄は、珍しく終業時間が来るとすぐに帰宅した。

やれやれ、今日は早く帰ってゆっくり眠れそうだ。啓太も帰ろうとした。エレベーターのところで、真奈美に呼び止められた。

「何ですか?」

「ちょっと、こっちへ……」

エレベーターホールの脇にある非常階段の踊り場に引っ張って行かれた。こんなところで二人きりでいるところを誰かに見られたらまずいんじゃないかと思った。だが、真奈美はまったく気にした様子はない。彼女は言った。

「工場に行ったら、本庄さんにぴったりくっついて離れないでね」

「もちろん、そのつもりです。僕はオマケですから……」

「そして、彼がどういう動きをするかちゃんと見ているのよ」

「ええ。僕の『師匠』ですから……」

「あのね、そういうことじゃなくて、あいつを見張れってことなの」

「はあ……?」

「あいつが、誰とどういう話をするか、どこに電話するか、何を知ろうとするか、そういうことをちゃんと監視しろって言ってるの」

「それ、どういうことですか?」

「彼はスパイかもしれない」

啓太は、面食らった。

この会社の人たちはどうかしているんじゃないか。TOBの噂が流れてみんな浮き足立ち、疑心暗鬼になっているのかもしれない。

「そんなばかな……」

「昨日はそこまで話す必要はないと思っていた。でも、事態が急速に動きはじめた。新プロジェクトに彼が呼ばれたということは、彼が重要な機密に触れるということよ」

本庄は真奈美がスパイではないかと言い、真奈美は本庄がスパイではないかと言う。啓太にはどちらを信用すればいいのかわからなくなった。

もし、真奈美がスパイだとしたら、わざわざ本庄のことを監視しろなどと言うのは不自然ではないか。では、真奈美が言うとおり、本庄がスパイで、注意をそらすために真奈美がスパイだと思わせようとしたということだろうか。

いや、それでも説明はつかない。第一、どうして真奈美がスパイの監視を啓太に命じなければならないのだろうか。

考えられるのは、真奈美のバックに誰かがいるということだ。真奈美はオヤジ殺しだと本庄が言っていた。それはおそらく本当のことだろう。

真奈美が部長や役員クラスの人のためにスパイの監視をしているとも考えられる。だとすれば、真奈美の言うことのほうが信憑性があるということになる。

だが、昨夜、真奈美が工場や開発部で何か見聞きしなかったかと啓太に尋ねたことも事実だ。本庄に言わせると、それこそが真奈美がスパイだという証拠ということになるだろう。

あと二つの可能性がある。

一つは、両方ともスパイなどではなく、二人がただの勘違いをしているという可能性。

もう一つは、二人ともスパイ、あるいはスパイの手先で、互いに牽制しあっているという可能性。

後者の場合、本当のスパイは真奈美と付き合っている上の人間という可能性も強い。

結局、どうでもいいような気がしてきた。二人ともスパイごっこに熱中しているだけかもしれない。

だが、ここで真奈美と議論してもはじまらない。

「わかりました」

啓太は言った。「できるだけのことはやってみます」

真奈美はうなずいた。

「あんたが、昨夜言ったように、会社の命運がかかっているのよ。頼むわね」

彼女はそう言うと、さっさとスチールの扉を開けて姿を消した。非常階段の踊り場にぽつんと取り残されて啓太はつぶやいていた。

「おい、この会社、だいじょうぶかよ……」

ロマンスカー「あさぎり号」の朝一番は、新宿発七時十五分だ。啓太は、朝五時半に起きなければならなかった。

発車ぎりぎりで飛び乗り、指定された席に行くと、本庄の姿がない。遅れたのか。ロマンスカー「あさぎり号」が発車する。おい……、俺一人で御殿場工場行ってどうするんだよ……。

うろたえていると、背後から声がした。

「よ、お疲れ……」

本庄だった。

「あ、おはようございます」

ほっとした。本庄はいつものようにくたびれた紺色の背広を着ていた。ネクタイを少しだけ緩めている。

「弁当買ってたら、ぎりぎりになってな」

「ロマンスカーって、走る喫茶店っていわれているんでしょう？　軽食くらいあるでしょう」

「高いし量が少ない。腹が減っては戦《いくさ》はできねえよ。ほら、おまえの分も買っておいた」

幕の内弁当だった。本庄はきっちりと弁当代を精算した。正直言って食欲はなかったが、無理にでも食わねばならない。本庄が「戦」と言ったのはおおげさではないかもしれない。

新商品売り出しのためのプロジェクトチームだとしたら、白熱した議論が続き、昼飯を食べそこなう恐れだってある。

本庄は、さっさと弁当を食べ終わりすぐに眠り込んでしまった。御殿場着が八時五十八分。寝過ごしてはたいへんだ。啓太は到着まで起きているつもりだった。だが、いつのまにかうとうとしたようだ。

「おい、降りるぞ」

本庄に起こされて、慌てて列車を降りた。

御殿場駅から工場まではタクシーだ。つい先日まで、一ヵ月間御殿場工場にいた。なんだか、なつかしく感じられた。

東京は薄曇りだったが、御殿場は厚い雲に覆われていた。ここはいつも雨が降っているような印象がある。

工場に隣接している社屋の開発部に直行した。ここの雰囲気は、他のどこの部署とも違う。常に整然としているし、会話も少ない。なんとなく知的な雰囲気が漂っている。

さすがに、今日はあわただしい。大切なプロジェクトが始まる日なのだ。いや、あわただしいというより、殺気だっている。おや、と啓太は思った。開発部の人々の表情は、まるで何か問題が起きたときのようだ。

会議は九時半に始まった。

大会議室に集まった面々に啓太は圧倒された。開発部長がいる。常務取締役の一人が列席していた。

本庄が言ったとおり、営業部だけでなく、宣伝部、販売部からも人が来ている。

総勢十名に満たない会議だ。思ったより人数が少ない。

常務取締役はなぜか困り果てた顔で手の指を組んでいる。本庄がそっとつぶやいた。

「何で園山《そのやま》ジュニアがいるんだ……」

「園山ジュニア……?」

啓太は本庄のほうを見た。本庄は続いて啓太に囁《ささや》いた。

「常務だよ。園山一郎《いちろう》、社長の息子だ」

社長の名前くらいはさすがに知っていた。園山陽太郎《ようたろう》だ。だが、社長に息子がいるというのは知らなかった。

言われてみると、役員としては若すぎるかもしれない。まだ四十代に見えた。いかにも育ちがよさそうだ。紺色の背広を上品に着こなしている。髪は黒々としており、生真面目そうに七三に分けていた。あまりに上品で、気弱そうですらある。

冒頭に、開発部長が重々しい口調で言った。

「単刀直入に申し上げます。新製品の開発には失敗しました」

会議室の中がざわついた。啓太はのけぞりそうになった。

「詳しいことは、開発担当の野毛正三郎《しょうざぶろう》から報告いたします」

指名されて立ち上がった男は、まるでカマキリのような印象があった。クビがひょろりと長く、分厚い眼鏡をかけている。白髪混じりの髪はぼさぼさで、工場の作業服の上から白衣を着ていた。

彼が内田さんが言っていた、野毛さんか……。

啓太は注目した。

「結論から申し上げます。出来上がった接着剤は、ええ、そのう、接着能力がありませんでした」

啓太は再びのけぞりそうになった。接着能力のない接着剤……。じゃあ、それはいったい何なのだろう。

野毛の説明が続いた。

「当初の目的は、シアノアクリレートの瞬間接着剤を基本に、エポキシ系並の接着力を持ち、耐熱性にすぐれ、なおかつ人体の皮膚などに対して危険性の少ない扱いやすい接着剤を作ることでした。そのために、接着力を発揮する時間を自由に変えるなどのアイディアを盛り込もうとしました。つまり、皮膚などにこぼしても、接着力を発揮するまでに拭き取れば問題ないということだったわけですが……」

全員が野毛に注目していた。まるで、何か救いを求めているかのようだった。失敗したといっても、何か善後策があるのではないか。そんな思いが皆の表情から感じ取れた。

野毛の口調は淡々としている。まるで失敗した人間の口調ではない。研究の成果を発表しているような風情ですらあった。

みんなが何かを期待するのも無理はない。

「……さらに、ハンダ付けの代わりにも使用できることを考え、銀を混入することによって導電性の接着剤にも転用できると考えておりました。現時点で導電性の接着剤は存在していますが、今回の新製品は大幅にコストを削減できる予定でした。しかし、いかんせん、接着力がないのですから、この計画も頓挫《とんざ》したわけです」

野毛は残念そうでも悔しそうでもない。申し訳なさそうでもなかった。

園山ジュニアがうーむとうなった。彼は苦渋に満ちた表情だ。

野毛の説明は唐突に終わった。会議室の中は静まりかえった。

啓太は、ちらりと隣の本庄の顔を見た。本庄はむっつりと無表情だ。

開発部長が会議室を見回して言った。

「何か質問があれば、どうぞ」

重苦しい沈黙が続いた。啓太は誰か発言しないだろうかと会議の参加者を見回した。

誰もが同じことをしているのに気づいた。

やがて、誰かが言った。たしか宣伝部の人だと啓太は思った。

「接着力がないって、どういうことなの？」

責めているような口調だ。野毛は、まったく意に介さない様子でこたえた。

「接着剤の宿命みたいなものなのですが、付加価値として何かの機能を持たせようとすればするほど、接着力が弱まる傾向があります。今回もある程度それを予想していたのですが、まさか、接着力がまったくなくなってしまうとは予想もしていませんでした」

「予想もしなかったって……。もともと接着剤なんだろう？　くっつかないっておかしいじゃないか」

「もともと接着剤がなぜくっつくのかは解明されてはいないのです。例えばガラスのようなつるつるに見えるものでも、表面を拡大すればでこぼこがあります。そこに液状の接着剤が入り込んで固化することによって抜けなくなり、くっつくのだという説があり、これは『アンカー効果』あるいは『ファスナー効果』と呼ばれます。これが『機械的結合説』。『化学的結合説』というのもあり、これは接着剤と被着材が化学反応を起こすことで接着が起きるという説。もう一つは、『分子間力説』。分子と分子との相互作用力が接着現象の支配的な力だとする説です。ある種の接着剤と被着材の組み合わせに適合する理論が、他の組み合わせには当てはまらず、つまりは接着現象全てを説明する理論というのは存在せず……」

「いや、そういうことを聞きたいんじゃなくて……」

宣伝部員は顔をしかめた。

野毛は心外そうな顔でその宣伝部員を見た。

「じゃあ、何が聞きたいんです？」

「接着剤に付加価値として何かの機能を加えると、接着力が弱まる傾向があると言ったね？」

「はい。瞬着をゲル状にすると接着力が落ちるのがいい例です。あれは使い勝手を優先して接着力を犠牲にしたわけです」

「じゃあ、新製品も欲張らずに機能をある程度諦めれば、接着力が戻るんじゃないのか？」

「そうかもしれません」

「どうしてそうしないんだ？」

野毛はきょとんとした顔で言った。

「それでは、ただの瞬着になってしまいます」

宣伝部員は、言葉を失った様子で、それ以上何も言わなかった。

販売部員が手を上げて発言した。

「その、接着力のない新製品の性質を詳しく教えてもらえますか？」

「シアノアクリレートというのは、ビニル基の炭素にシアノ基とカルボニル基という強い電子吸引基を持つことから、水やアルコールといった比較的弱い求核剤と簡単に反応してポリマー化し、接着力を発揮します。カルボニル基に結合するエステル置換基、便宜上これをRとしますが、このRをメチル基やエチル基に置き換えたものが通常の瞬間接着剤で、接着剤の欠点を補うためには、このRをさまざまな置換基や官能基に置き換える必要がありまして……」

　啓太は、野毛が何を言っているかちんぷんかんぷんだった。

「……Rにケイ素を導入することで、耐熱性が増すことが知られており、我々はそれを採用すべく研究しておりました。しかし、何をどう間違ったのか、妙なものができてしまったわけです」

　やはり、野毛は反省している様子はない。新しい物質ができてしまったことを面白がっている風ですらあった。

　販売部員は言った。

「いや、そういう化学的な説明をされても、さっぱりわからない」

「性質を説明しろとおっしゃるから、説明したのですが……」

「そういうことじゃなくって、例えば何に使えるのかというような話を聞きたいわけで……」


野毛は、またしてもきょとんとした顔になった。

「何にも使えません」

会議室の中が再びざわめいた。

開発部長が申し訳なさそうに言った。

「皆さんもご存じのように、瞬間接着剤は現時点でさまざまな機能を持ったものが発売されております。すでに、一般的なメチルシアノアクリレートやエチルシアノアクリレートだけでなく、ある程度耐熱性のあるもの、また、横方向の衝撃に弱いという欠点を補うためにゴムの成分を混入させたもの、木工用、ゲル状のもの、遅硬化性のものなど、それこそさまざまです。新製品を開発するにあたり、もはや並の商品では他社に対抗できないと考え、努力したわけですが……」

宣伝部員が言った。

「本当に何にも使えないのか？」

野毛は平然とこたえた。

「現時点では、何も用途がありません。何せ、接着力のない接着剤ですから……」

「じゃあ、どうしようもないじゃない。ここで会議やったってしょうがない。また、一から開発をやり直してもらうしかない」

開発部長が、恐る恐る園山常務のほうを見た。常務は、困惑の表情のまま言った。

「すでに、多大な開発費を投入しており、もう後戻りはできません。一から研究をやり直すということは、不可能です」

じゃあ、どうすればいいのだろう。啓太は常務が何か解決策の方向性を示してくれるのだろうかと期待した。

常務の言葉が続いた。

「開発に失敗したことが公になれば当然株価は下落します。これが現時点での最大の問題点です。これから申し上げることは極秘事項なので、口外は厳につつしんでいただきたい」

常務は、会議の参加者を見回した。

「現在、スリーマーク社がわが社の株を買い集めているという情報があります。さらに、時機を見て公開買い付けに出るのではないかと予想されています。株価の下落は、スリーマークの公開買い付け、すなわちＴＯＢの決断を早め、わが社はそれに対する事実上の対抗措置を失うことになりかねない」

「あの……」

啓太が小声で本庄に尋ねた。「どういうことなんです？」

「スリーマークが安くうちの会社を手に入れられるということさ。株価が下がれば、投資家は売り時を失う恐れがある。市場価格より高めに株価を設定して売り手を求めるTOBは、株価下落で短期のうちに目的を達成する可能性が高くなる」

常務は、口外するなと言ったが、すでにマルコウの大北ですら噂レベルだが知っていたのだ。世の中に薄々勘づいている人は大勢いるはずだ。

となれば、開発失敗が洩れた時点で株の売りが急増して株価は下落する。それくらいのことは啓太にもわかる。つまり、スリーマークの思うつぼということになる。

もし、真奈美が言うとおり、本庄がスパイだとしたら、これほどおいしい情報はないだろう。

また、本庄が考えているように真奈美がスパイの一味だとしたら、絶対に開発失敗の件は知られてはならないということになる。

新プロジェクトの会議にしては人数がずいぶん少ないと思ったが、機密の漏洩を極力避けるためだったことがわかった。人数が少なければ少ないほど機密漏洩の危険は減る。

園山常務はもう一度一同を見回した。

「諸君は、わが社の精鋭です。その経験と知恵をお借りしたい。開発は失敗した。しかし、何か打開策があるはずだ。それを話し合いたい。皆さんも、貼ってはがせる付箋のことはよくご存じでしょう。あれは開発当初は不良品だったのです。よく付くけれどすぐにはがれてしまう糊ができてしまった。でも、それを、付箋に転用することで大ヒット商品となりました。皆さんには、そうした起死回生のアイディアを期待しています」

会議室に絶望的な空気が流れた。ただ一人、野毛だけが他人事のような顔をしている。真奈美が言ったように、どこかずれているのかもしれない。

長い沈黙の後、宣伝部員が言った。

「開発自体をなかったことにすれば？　そうすれば株価にも影響はでないでしょう」

園山常務はかぶりを振った。

「株主総会の会計報告で、すでに開発費を計上している。事業計画にも盛り込んでいるので、報告の義務があるのです。隠していてもいずれは明るみに出る」

販売部員が言った。

「とにかく現物を見せてほしいですね」

開発部長が野毛に目配せをした。野毛が会議室を出て行った。野毛が戻ってくるまで誰も口を開かなかった。

野毛はビーカーを持って戻ってきた。

「これです」

ビーカーの中には透明な液体が入っている。まるでただの水のように見える。

販売部員が尋ねた。

「密閉しなくてもだいじょうぶなんですか？」

「だいじょうぶです」

野毛がこたえた。「何せ、ポリマー化しないのですから……」

「触ってもだいじょうぶですか？」

「だいじょうぶです」

野毛はスポイトをビーカーの脇に置いた。会議の出席者は立ち上がり、ビーカーのそばに近づいた。

販売部員がスポイトでビーカーの中身を吸い取り、少量てのひらに乗せた。指でその液体の感触を確かめた。

「本当にただの水のようだ」

会議の出席者たちが、次々と同様にてのひらに液体を取り、感触を確かめたり、臭いを嗅いだりした。

「いや、水よりさらさらしているな。油に近いのか……」

誰かが言うと、野毛がこたえた。

「おっしゃるとおり、水ほどの断熱性もありません」

「断熱性がない……」

別の誰かがつぶやく……。

宣伝部員が言った。

「触った感じだと滑らかだけど、潤滑剤とかに使えないの？」

「ケイ素を含んでいますからね。しかし、潤滑剤なら、ケトンの炭素をケイ素に置き換えたシリコン樹脂のほうが優れています」

「何かを加えることで硬化したりしないの？」

「しません」

「何か発想の転換というかさ……。別のものに転用できないのかな……」

「いろいろな可能性を考えました。しかし、望ましい結果は得られませんでした。何かに転用しようと思っても、現存する他のもののほうが機能的に優れており、安価だという結論に達しました」

「じゃあ、だめじゃん」

宣伝部員は溜め息をついた。

それぞれ自分の席に戻ると、考え込んだ。液体が付着したてのひらを見つめている者もいる。

啓太もみんなの真似をしてスポイトで液体をてのひらに垂らしてみた。何にも思いつかなかった。

「本庄君」

園山常務が突然指名した。本庄は、けだるげに顔を上げた。

「何ですか?」

「何とか売り込めんかね?」

「どんなものでも売って見せますよ」

本庄は平然と言った。啓太はびっくりした。その後に言葉が続いた。

「ただし、ちゃんと商品化されれば、ですがね。私は営業ですからね。商品がなければ売り込むことはできない」

「何かアイディアはないかね」

「ありませんね」

常務は悲しげな表情で腕を組んだ。

いくら本庄でも無理な相談だと、啓太は思った。開発部の研究員がさまざまな可能性を検討して見切りをつけたのだ。それ以上、どんなアイディアがあるというのだろう。

生真面目そうな販売部員が、野毛に質問した。

「さっき、何か金属を混ぜて導電性の接着剤にも転用するつもりだったと言いましたね?」

「ええ」

「これ自体の導電性はどうなんです?」

「もちろんもともとがシアノアクリレートですから導電性はありません。しかし、絶縁性が高いというわけでもありません」

　宣伝部員が尋ねる。

「燃えないの？」

「多少揮発性があるので、燃えますよ」

「何かの燃料にならない？」

「あ、それは無理です。石油製品ほど炭素の量が多いわけじゃないですし、揮発性もそれほどじゃありません」

「何度位で凍るの？」

　この質問に野毛が驚いた顔をした。

「接着剤で問題になるのは主に耐熱性なので、低温に関するデータは取っていませんが、なぜです？」

「いや、凍りにくいのなら不凍液とかに使えないかと思って……」

　野毛は不思議そうな顔をした。

「不凍液のほうがずっと安価なんですけど……」

　宣伝部員は苦い表情になった。

「だめもとでいろいろアイディアを出してみようと思ったんだよ」

「だいたいだね、本来ならこういう会議は開発部でやるべきだろう？　ちょっとは責任感じてほしいよ」

「ああ、なるほど……」

「いや……」

開発部長が言った。「責任は充分に感じています。開発部内でもさまざまに議論を尽くしました。しかし、いかんせんもともと接着剤の開発が仕事ですので、広い視野に欠けるというか……。そこで、外の皆さんの意見をうかがおうと思いまして……」

「意見をうかがうといっても……」

宣伝部員はかなり頭に来ているようだった。「こんな箸にも棒にもかからないもの押しつけられてもどうしようもない」

正直言って、啓太も同感だった。使い道がないと、開発を担当した野毛本人が言っているのだ。今さら何ができるというのか。

本庄は、さきほどから何事か考えている様子だ。まさか、この会議の内容をスリーマーク側に伝える方策を考えているわけじゃないだろうな。

開発部長がなんとか宣伝部員をなだめすかした。そのまま会議は午後一時過ぎまで続き、園山常務が昼休みにしようと言った。

「いいですか？」

園山常務は休憩に入る前に釘を刺すように言った。「この会議の内容は、絶対に口外してはいけません。会議室の外で話題にすることもやめてください。メールに書き込むことも、文書ファイルとしてパソコンの中に残すことも禁じます。録音もなしです。いかなる記録も禁止します」

会議の参加者たちは、ぐったりしていた。おそらく前向きな会議だったら、これほど精神的に疲れはしないのだろう。闇夜を手探りしているような無力感が疲労感を強めている。

工場の食堂で昼食をとった。徹底的に経費を削減するために、工場の食事はたいへん質素だ。若い啓太には物足りない。研修の一ヵ月を思い出した。工場のそばにはコンビニもなく、夜は空腹に耐えたものだ。

「四方《よも》のやつ、かなりかりかりきてたな……」

本庄がいつもの、どうでもいいような口調で言った。

「ヨモ……？」

「宣伝部のやつだ。四方万砂男《まさお》。あいつは、自分を接着剤会社の社員ではなく、広告代理店か何かの社員と勘違いしている。六本木や銀座といった繁華街が好きで、派手好みだ。御殿場の山の中に閉じこめられているのが耐えられないのかもしれない」

「販売部の人は何という名前なんですか？」

「加賀《かが》だ。加賀渉《わたる》。あいつの頭の中にはどういう商品が全国にどれくらい行き渡っていて、どのくらいの在庫があるかというデータが入っている。コンピュータ並だ。その代わり、えらい堅物だ」

たしかに、四方と加賀は対照的だった。本庄が言ったとおり、四方は派手な恰好をしていた。髪を茶色に染めていたし、チェックのジャケットにノーネクタイだった。一方、加賀は、灰色の地味な背広に白いワイシャツ。そして、これまたおそろしく地味なネクタイをしていた。

「みんな精鋭だと、常務が言っていましたね？」

その言葉に、本庄はまんざらでもない顔つきになった。

「ああ。その点は間違いないな。それぞれかなりの実績を残している。重要な会議というと、とかく頭数を揃えたがるが、少数精鋭のプロジェクトチームという発想自体は悪くない」

まだ会社というものがよくわからないので、啓太にはぴんとこない。

「そういうもんですか……」

「だが、会議の内容が問題だな。いったいどうしたものやら……」

「なんか、ちょっとひっかかっているんですけど……」

「あ……？」

「野毛さんの説明を聞きながら、あれ、なんかどこかで聞いたこととダブるなって思ったんです」

「研修か何かで聞いた接着剤の話じゃないのか？」

「いえ、どこかまったく別のところだった気がします」

「それ、どういう話なんだ？」

「それが思い出せないんです」

「なんだよ、それ……。それじゃ何にもならないじゃないか」

「すいません……」

たしかに、何かひっかかっていた。それが何であるのか、啓太本人にもわからず、ひどくもどかしかった。

昼休みが終わり、会議が再開した。休みを挟む前と同様に重苦しい雰囲気だった。話はいっこうに進まない。

午後五時になると、園山常務が腕時計を見て言った。

「最終のロマンスカーが五時五十五分です。私はそれで本社に戻ります。君たちは、何か具体的な方策が見つかるまで、ここで会議を続けてください。ただし、時間は限られています。スリーマークの出方次第ですが、敵対的ＴＯＢを仕掛けてくるまでに、それほど時間がないことは明らかです。皆さんによって会社が救われることを祈っています」

そう言い残すと、会議室を後にした。会議の参加者は全員立ち上がって常務を見送った。開発部長が、部屋の外まで送っていった。

会議室に残ったのは、野毛、本庄、四方、加賀、そして啓太の五人だった。偉い人がいなくなったので、とたんに会議室内はくだけた雰囲気になった。

「何で、園山ジュニアがこの会議に参加してたんだ？」

宣伝部の四方が言った。販売部の加賀がこたえた。

「それだけ重要な会議だということでしょう」

「いや、そういうことじゃなくってさ。重役は他にもいるだろう。なんで、ジュニアなんだ？」

野毛は、こういう話題にはまったく興味はなさそうだった。彼は、ビーカーの中の液体を見つめていた。

加賀が言った。

「社長が一番信頼できる人に託したということかもしれません」

「信頼できる？　あのジュニアがか？　ボンボンだぜ」

本庄が口を開いた。

「ＴＯＢ絡みだぜ。まさか梅田《うめだ》専務には任せられないだろう」

それを聞いた四方は、もっともらしくうなずいた。

「なるほどね……。つまり、会社内にはＴＯＢを受け容れるという連中もいるということか？」

「考えられないことじゃない。俺はまっぴらだけどね」

「何でだ？　スリーマークの子会社になれば、少なくとも今よりは安定するんじゃないのか？　おそらくブランドはそのまま残るだろうしな」

「俺は、今のスナマチみたいなぬるま湯が好きなの。アメリカの企業みたいに、能力主義でぎすぎすしているのは、性に合わない」

「あんた、妙なやつだよな。人一倍、営業実績を上げているくせに……。能力主義なら、今よりずっと給料が上がるかもしれない」

「その代わり、いつクビを切られるかわからない」

「国際的な競争力が必要なんだよ。グローバルスタンダードでものを考えなきゃ」

「俺は日本人だし、日本の会社に就職したんだ」

開発部長が別の人を伴って戻ってきた。開発一課長だという。ちなみに開発部長の名前が馬場《ばば》修三《しゅうぞう》で、開発一課長が隅田政夫《すみだまさお》だということが、手もとにある簡単なメモ書き程度の書類でようやくわかった。

馬場部長は、再び会議を取り仕切った。

「夕食の弁当を注文しました。時間の許す限り会議を続けたいと思います」

宣伝部の四方が、やれやれというふうに溜め息をついた。

5

結局、会議は十時過ぎまで続いた。おそらく、本社でも役員や部長クラスの会議が頻繁に開かれているのだろうと思った。

研修のときと同様に、工場の寮に宿泊することになった。啓太は本庄と同じ部屋だった。

すぐに風呂に行くことにした。工場は三交替制なので、二十四時間いつでも風呂に入れる。

銭湯のような大きな湯船にゆったり浸かると、ぎちぎちに張り詰めていた神経がゆっくりとほぐれていくように感じられた。湯気の匂いが心地よい。

工場の職員たちの会話が聞こえてきた。新しい車の話をしている。このあたりに住んでいれば、車がなければ移動するのがたいへんだし、車くらいしか楽しみがないのかもしれない。

「そういえば……」

湯気のむこうの誰かが言った。「うちの会社、どこかに乗っ取られるって噂があるけど、本当かな……」

啓太は湯船の中でひっくりかえりそうになった。

別の声がする。

「どうかな……。噂だろう。でも、そうなったら、大幅なリストラもあるかもしれないな……」

「冗談じゃないよ。車のローンだってあと何年も残ってるのに……」

「クビになったら、このあたりじゃ仕事は見つからないな……」

啓太は、そっと風呂から上がり脱衣所にやってきた。

何が極秘だよ。心の中でつぶやく。

工場の職員ですら噂してるじゃないか。

この分なら、投資家の多くはある程度のことをつかんでいると考えなければならない。

そういう場合、投資家というのはどう動くのだろう。

慌てて売りに走るのだろうか。そうなれば、開発失敗が明るみに出る前に株価は下がりはじめる。下落傾向にあるところに、開発失敗のニュースが流れたら、暴落ということもあり得る。

それは、まさしくスリーマークの思うつぼなのではないだろうか。

株式のことにうとい啓太にもそれくらいのことはなんとなくわかる。

部屋に帰ると、本庄がぼんやりとテレビを見ていた。

「風呂で、工場の職員が乗っ取りの噂をしてましたよ」

啓太が言うと、本庄はふんと鼻で笑った。

「人の口に戸は立てられないってな……」

「その噂が株主の耳に入ったら、当然売りが増えて、株価が落ちますよね？」

「投資家というのは、そう単純なものじゃないさ。ＴＯＢがあるとすれば、それを待ったほうが得策だからな。役員たちは会議を開いてその対抗策を話し合っているはずだし……」

「どういう対抗策です？」

「配当を増やすとか、株主に対するメリットを増やしてやって、売りを思いとどまらせるんだ」

なるほど、啓太が考えているほど市場というのは単純ではなさそうだ。

啓太は会議のときから気になっていたことを訊いてみることにした。

「さっき、専務と常務の話をしていましたよね」

「ああ……？」

「四方さんと。あれ、どういうことです？」

「派閥さ。梅田専務というのは、改革派でな。反社長派だ。次期社長を狙っているわけだが、社長としては息子に継がせたい。それが人情だ」

「でも、もう株を公開したわけですから、非公開の同族会社のようにはいきませんよね。役員人事は株主総会で決まるわけでしょう？」

「そう。だが、いざとなれば株を買い戻して上場廃止申請という手もある」

「でも、それって莫大な金がかかるんじゃないですか？　そうまでして、息子に会社を継がせるメリットがあるんでしょうか」

「俺には会社を持っている連中の気持ちなんてわからんよ」

　本庄はいかにも面倒くさそうに言った。

「梅田専務は改革派だというのは具体的にはどういうことなんですか？」

「スナマチの体質の古さをいつも批判している。四方みたいにアメリカナイズすることがすべて正しいと思っている頭の軽い連中には受けがいい」

　啓太は、真奈美のことを思い出していた。スナマチは体質が古く、女性が要職につくことができない。能力主義を取り入れるべきだと彼女は言っていた。

　そのことは、たしかに、社長が息子に会社を継がせたいと考えていることと無関係ではないような気がした。

改革派の梅田専務が社長になれば、会社は真奈美が主張するような意味での近代化が進むかもしれない。

「梅田専務の派閥って、大きな勢力なんですか？」

「ああ。社長も無視できないくらいにね」

「でも、本庄さんは、社長派みたいですね」

「そうね。俺は今のスナマチが気に入っている」

「どんなところがですか？」

「昔ながらの日本の会社で、居心地がいい。終身雇用を原則としているし、リストラでもほとんど人のクビを切らなかった。この業種が、あまり不景気の影響を受けなかったということもあるんだけどな。俺は、合理化だの能力主義だのといったぎすぎすした世の中が嫌いなんだよ。アメリカ型の競争社会があたりまえだという風潮がどこか間違っていると思っている」

「はあ……」

何だか負け犬の言い草のようだと思った。だが、本庄は負け犬ではない。営業マンとしてダントツの成績を誇っている。四方が言ったように、会社が能力主義を取り入れれば、おそらく本庄の給料や立場はもっと上がるに違いない。

「さて……」

本庄が言った。「俺も風呂に入ってくるかな……」

本庄がポケットから財布やら携帯電話やらを取り出して座卓の上に置いた。携帯電話を持って出ないということは、部屋の外で誰かと連絡を取る気もないということだ。

啓太はそんなことを考えている自分に気づいて、はっとした。いつしか真奈美のいうとおりに本庄を監視しているような気分になっていた。

本庄が部屋を出て行くと、啓太はぼんやりとテレビを眺めていた。誰かに電話をかけようかとも思った。だが、付き合っている女の子がいるわけでもない。大学のときの友人たちとはこのところ連絡を取っていなかった。

会社が忙しかったこともあるが、なぜかそういう気分にならなかった。世界が変わってしまったと感じていた。

本庄は、スナマチが昔ながらの日本の会社だと言った。他の会社のことはわからない。だが、間違いなく会社というのは共同体なのだという気がした。

そこでの人間関係というのは、隣近所の付き合いなどよりずっと濃密で、学生時代の友人関係とはまったく違うものだ。

学生時代ならば、会いたくなければ会わなければよかった。気分次第で電話して、お互いに暇だったらどこかに出かけるといったような付き合いだ。

だが、会社ではそうはいかない。気に入らない上司でも誘われれば付き合わなければならないし、先輩の言いつけは守らなければならない。

おそらく、そういう関係がもっとドライな会社もあるのだろう。真奈美などはそういう会社を求めているのかもしれない。能力主義や個人同士の競争が徹底されれば、我慢してオヤジたちの飲み会に付き合う必要もなくなるだろう。

実際、若い女性たちにとっては、職場の飲み会というのはかなり苦痛なものなのかもしれない。

一方で、啓太は本庄が言うこともわからないではなかった。啓太は新卒なので、決して即戦力ではない。半人前の社員を手間暇かけて一人前に育て、その間も給料をくれるのだ。

それはたしかに、親方に弟子入りして一人前になるまで仕込まれる日本型の職業修得の体系なのかもしれない。いや、そういう伝統はヨーロッパの職人たちの間にもあったはずだ。

モノを作るというのはそういうことだと、啓太は思った。問題は、モノを作る人よりもそれに金を貸す人や、金を集める人のほうが豊かで偉くなったということだと啓太は思っていた。

そして、日本もそういう社会にしようとしている人々がいる。

もっと学生時代に経済のことを勉強しておけばよかったと、つくづく思った。大学にいた四年間で、経済問題や社会の出来事について一番勉強したのは、就職活動をしている数ヵ月だろう。

ふと、啓太は座卓の上に載っている本庄の携帯電話に眼をやった。登録してある相手を見れば、真奈美が言うように本庄がスパイかどうかわかるかもしれない。

ちょっとどきどきした。

だが、結局携帯電話を手に取ることは思いとどまった。どうせ知らない名前が並んでいるだけなのだ。まさか、肩書きまで書いてあるとは思えない。スパイならばなおさらそういうことには注意するだろう。

第一、真奈美が言っていることを真に受ける必要などないのだ。

そこまで考えて、ふと、梅田専務という名前が頭に浮かんだ。

梅田専務は改革派で、彼の主張する路線は真奈美の主張とも一致するはずだ。そこからさまざまな憶測が生まれる。いや、憶測というより妄想といってもいいかもしれない。

しばらく妄想にふけっていると、本庄が戻ってきて、意味もなくどきりとした。

「早いですね」

「ああ。昔からカラスの行水《ぎょうずい》だ。ビールでも飲みたいところだな。明日は、買い出しに行ってくるか……」

「明日はって……。明日もここに泊まることになるんですか?」

明日は土曜日だった。別に予定はないが、久しぶりにのんびりできると思っていた。

「当然そうなるだろう。打開策が見つかるまで帰ってこなくていいと、園山ジュニアが言ったんだ。彼は本気だよ。そして、明日一日かかったたって、打開策など見つかるはずはない」

「こんなところにこもっていてもだめじゃないですかね。足を使って何かを探し回ったほうが……」

「何を探し回るんだ？」

「わかりません」

本庄は、ちょっと失望したような眼で啓太を見た。啓太は恥ずかしくなった。

「まあ、おまえが言っていることも一理あるな。会議室に閉じこもってうんうんうなっていても始まらない。街中を歩き回ったり、人と会っていたほうが、何か見つかる可能性は高いかもしれない。明日の会議で言ってみろよ」

「僕が言うんですか？」

「おまえが考えたことだろう。当然、おまえが言えばいい」

「はあ……」

「金曜の夜だってのに、山の中のかび臭い部屋で男二人か……」

本庄はごろりと横になった。「まったくつまらねえよな……」

啓太は朝が早かったので、このまま早く寝られることがありがたかった。

「あの……」

啓太は言った。「内田さん、まさか、梅田専務の愛人だったりしませんよね?」

本庄がぎょっとした顔で啓太を見た。

「おまえ、何か知ってるのか?」

「いや、ちょっと推理しただけです」

「推理かよ……。でも、思い当たる節があるんだろう?」

「内田さんが、スパイかもしれないって、本庄さん、言いましたよね。でも、スパイはもっと上層部にいるんじゃないかって話をしたの覚えてます?」

「ああ。そんな話、したっけな……」

「梅田専務って、改革派なんでしょう? 内田さんが望んでいる会社の姿って、梅田専務が考えているようなものなんじゃないかって思ったんです」

「そうかもしれないな」

「これ、極端な考えかもしれませんが、その二人の理想の会社って、スリーマークの子会社になったら実現できるかもしれませんよね」

「梅田専務がそれを画策しているというのか?」

「あり得ないことじゃないでしょう。もし、スリーマークから何か好条件を出されていれば……」

「おまえ、やっぱり三流大学出とは思えないな……」

「大学は関係ありませんよ」

「実は、俺もそんなことがあってもおかしくはないと想像していた」

　本庄にしては慎重な言い方だと思った。それだけ現実味があった。

「梅田専務が会社を売ろうとしているということですか？」

「言葉は悪いが、まあ、そういうことになるかな……。梅田専務というのは野心が強い。それに、現社長がジュニアに会社を任せたがっているのを知っている……」

「ならば、今回の会議に園山常務が来たことも納得できますよね。園山常務は、何とか開発失敗を失敗のままで終わらせたくないんですね」

「だが、役員会ですでにこの件が問題になっているはずだ。つまり梅田専務にも情報は筒抜けということだ」

「新プロジェクトのことは知られていないのかもしれません。だから、僕たちは工場に閉じこめられているんじゃないんですか？」

　本庄はまたしても意外そうな顔で啓太を見た。

「おまえ、あなどれねえな……」

「外に出て歩き回ったほうがいいアイディアが出ると主張しても、僕たちはここから出してもらえないかもしれませんね」

「いや、モノは言いようだ……。もし、園山ジュニアが、このプロジェクトのことを隠し通したいのだったら、逆に俺たちを普段通り働かせたほうがいい。工場に押し込めていたら、いずれ梅田専務だって気づくだろう……」

「開発部長を説得すればいいんですね」

「ただ、園山ジュニアにそれを具申する度胸が、開発部長にあるかどうかだな……」

話していながら、啓太にはまったく実感がわいてこなかった。まるで、テレビドラマか何かの話をしているようだ。

啓太は梅田専務の顔もよく知らない。役員面接のときに会っているはずだが、誰がどの人なのかまったく把握できていなかった。

会社の上層部で起きていることなど、まさに雲の上の出来事のようだ。あれこれ推理してはいるが、ただ理屈で判断しているだけで、実際に何かを知っているわけではない。

啓太にとっての現実は、今、工場に出張に来ているというだけのことだ。真奈美の言い分や本庄の言い分さえも絵空事のようだ。

「おまえ、何かひっかかるって言ってたな?」

「え……?」

「昼飯のときだよ」

「ああ……。そうなんですよ。野毛さんの説明を聞いていて、何かひっかかるなって思ったんですが……」

「一つだけ教えてやる」

「はい」

「そういうのが大化けすることがある。ひっかかりやひらめきをばかにするな」

「はい」

「さあ、やることもないから、さっさと寝るか」

本庄は蒲団《ふとん》をかぶった。

6

蒲団の中に入っても、なかなか寝付けなかった。くたくたに疲れているのだが、なぜか目が冴えている。

真奈美が役員の愛人で、スパイとして利用されているという想像は、棘《とげ》のようにちくちくと心を刺激した。啓太はなぜか落ち込み、苛立った。

理由は明らかだ。啓太は真奈美に好意を抱いているのだ。入社したばかりで、社内の人間関係などわからない。社内恋愛などとんでもない。そんな心の余裕などない。

だが、真奈美が気になるのは明らかだった。食事に誘われたときは本当にうれしかったのだ。徹夜明けでくたくたなのに、彼女に誘われたというだけで、にわかに元気になったのはそのせいだ。

その真奈美が、梅田という専務の愛人かもしれない。そして、真奈美の態度から、積極的に梅田に協力しているらしいことがわかる。

真奈美と、中高年の役員。その妄想だけで眠れなくなってくる。

明日も朝から会議がある。寝不足だと、会議中に居眠りをしかねない。ただでさえみんな苛ついているだろうから、新入社員が居眠りなどしようものなら、何を言われるかわからない。

それを想像しただけで恐ろしく、また眠れなくなりそうだった。本庄はすでに寝息を立てはじめていた。軽くいびきをかいている。

いつかは僕も本庄さんのようになれるのだろうか。それとも、本庄さんは、やはり特別なのだろうか……。

マルコウの水糊と木工用接着剤はその後どうなっただろう。在庫の山をかかえるはめになっては、マルコウの大北はもう発注してくれないかもしれない。

得意先を一つ失うことになる。だが、本庄はまったく気にしていない様子だ。はったりがうまくいくという目算でもあるのだろうか。それとも、もともと物事にこだわらないタイプなのだろうか。

そんなことを考えているうちにようやく睡魔が忍び寄ってきた。かすかにはやりの女性ボーカルの歌が聞こえる。どこかの部屋で誰かがプライベートな時間を楽しんでいるのだろう。そのかすかな音楽を聞きながら眠りに落ちた。

会議は昨日のおさらいのようなものだった。野毛の説明は、専門的過ぎてあまり理解できない。

啓太が理解した範囲で開発された新しい液体の特徴は、次のようなものだ。

さらさらとした液体で、水よりも比重がやや重い。導電性はないが、絶縁性に優れているわけでもない。

断熱性はまったくない。水のほうがまだ断熱性があるということだ。

通常のシアノアクリレートは、水分と反応してポリマー化する。すなわち固まるわけだ。だが、野毛が作った液体は、シアノアクリレートの分子式を基本にしていたにもかかわらず、水分と反応してもポリマー化しない。

さらに、新物質はケイ素を含んでいる。通常の瞬間接着剤は、シアノアクリレートの置換基という部分に、メチル基やエチル基を結合させたものだが、その部分にケイ素を含んでいるのだという。

接着の理論というのは、いくつかあるが、もっともわかりやすいのは、被着材のでこぼこに液状の接着剤が流れ込み、それが固化することで離れなくなるというものだ。

あらためてその説明を聞いていると、またしても、啓太はデジャブのような感覚を覚えた。どこかで同じような話を聞いたことがある。あるいは、何かで読んだのだろうか。

それが何であるか思い出せない。

本庄は、そういうひっかかりやひらめきを大切にしろと言った。いつかは思い出せるかもしれない。今のところは、まったく手がかりがない。

販売部の加賀は、生真面目そうにメモをとっていた。

すると、開発部長の馬場が注意した。

「すいません。メモも取らないでください……」

加賀は、驚いた顔で馬場部長を見た。それから参加者一同を見回して、今書いたメモをくしゃくしゃに丸めた。

馬場部長が手を出した。

「シュレッダーにかけますので、いただけますか」

加賀は丸めた紙を馬場部長のほうに差し出した。

メモも取らせないというのは、あまりに慎重すぎるのではないか。啓太は思った。

だがもし、昨夜本庄と話し合ったことが現実だとしたら、用心してし過ぎるということはないかもしれない。社内ナンバーツーの専務が敵かもしれないのだ。

専務は立場上、当然スリーマークのＴＯＢのことを知っている。いや、手引きしている可能性だってある。だが、ここで話し合われる内容については知りようがないわけだ。

昨日と打って変わって宣伝部の四方は無口だった。派手な生活が好きだと、本庄が言っていたから、夜遊びができずに意気消沈しているのかもしれない。

あるいは、昨日言うべきことをすべて言ってしまったと感じているのだろうか。

今日は会議の冒頭から、開発一課長の隅田政夫も参加していた。隅田は、薄くなった髪をなんとか横になでつけている。開発部は、眼鏡率が高く、隅田課長も眼鏡をかけていた。

野毛の説明が終わり、馬場部長が昨日の会議の要約を述べると、また会議は停滞した。

販売部の加賀が遠慮がちに質問した。

「これは、余計な質問かもしれませんが……」

馬場部長がうながす。

「どうぞ」

「開発一課というのは、もともと天然材料を使った糊の開発をしていた部署でしょう？　合成樹脂や有機化合物を原料とする接着剤の開発は開発二課の仕事だったと思います。もし、開発二課が新しいシアノアクリレート系接着剤の開発を担当していたら、こんな失敗はせずに済んだのではないですか？」

馬場部長が開発一課の隅田課長を見た。隅田課長が少しばかり憤慨した口調で発言した。

「開発一課が天然材料、開発二課が合成材料という分け方はすでに過去のものです。現在では、双方充分な研究の成果を蓄積しており、どちらが天然でどちらが合成という区別はなくなっています。ただ、伝統的に一課が天然素材のことをよく知り尽くしているということはありますが……。それで、今回の開発についてですが、たしかに、二課はシアノアクリレート系の接着剤に慣れてはいます。しかし、慣れているが故の欠点というものがあります。つまり、先入観といいましょうか、見方が固定しがちといいましょうか……。新開発には新たな視点がどうしても必要なのです。それで、一課が開発することになったわけです。お断りしておきますが、一課にもシアノアクリレートに関する研究の成果は充分に蓄積されており、その面で二課に劣るということはありません」

この人は、二課に対してライバル心を持っている。それが発言からひしひしと感じられた。

研究分野の棲み分けがはっきりしていれば、ライバル視する必要はないだろう。だが、分野の区別がなくなりつつあるとなれば、当然一課と二課の競争は激しくなる。それは会社としては望ましいことかもしれない。

「でも、その新しい視点というのが失敗につながったわけだろう」

宣伝部の四方が言った。

その言葉に隅田課長は興奮を募らせた様子だった。

「失敗するはずはなかったんです。それは担当者の野毛君に訊いてもらえばわかります。誰かが故意に失敗させた可能性もある……」

この一言は、会議室に少なからぬ衝撃をもたらした。

四方は椅子の背もたれにだらしなく寄りかかっていたが、即座に身を起こしていた。

「誰かが故意に失敗させた……？　そんなことができるのか？」

「開発というのは、常に微妙なバランスの上に成り立っています。誰かがデータを改ざんすれば、その後の研究結果は当然変化しますし、実験のどこかの段階で不純物をわずかに混入させるだけで、開発は失敗します」

「データをもとに戻したり、不純物を取り除けば済む話じゃないか」

野毛が不思議そうな顔で四方に尋ねた。

「そのデータの誤りをどうやって特定するんです？　何の不純物によって接着性がなくなったか、どうやって特定するんです？　実験や開発の工程はおそろしく数が多く複雑なんです」

啓太は、想像もできなかった。おそらくそういうものなのだろうと思うしかない。

四方も言い返す言葉がない様子だった。野毛の口調が反撃を許さなかった。野毛は根っからの理系だ。理屈に合わないことを純粋に不思議と感じるのだろう。四方の常識が、理系の専門家である野毛の常識と噛み合わないのだ。

真奈美が野毛のことを「ずれている」といった理由がようやく理解できてきた。野毛は科学の常識の中で生きているのだ。

それよりも気がかりなのは、やはり隅田課長の一言だ。誰かが故意に失敗させたということがあり得るだろうか。

隅田課長は興奮しやすい人のようだ。腹立ち紛れに言ったのかもしれないし、あるいは、言い訳をしたかったのかもしれない。

本庄はどう感じただろう。様子をうかがうと、まったく無表情だった。眠たげに半眼になり、関心なさそうな顔をしている。だが、こういう表情のときこそ何かを考えていそうだ。まだ短い付き合いだが、それがわかるようになってきていた。

会議が妙な方向に向かいそうになったところで、馬場部長が穏やかに言った。

「まあ、ここで失敗の責任を問うても仕方がありません。このプロジェクトチームの役割は責任追及ではなく、局面打開にあるのです。アイディアを求めているのです」

啓太は腕を小突かれてびっくりした。本庄が小声で言った。

「昨日のあれ、提案しろよ」

「いや、やっぱり本庄さんから……」

馬場部長が指名した。

「営業部の方、何か意見がおありですか？」

本庄がこたえた。

「うちの若いのが、何か提案があるそうです」

全員が啓太に注目した。啓太はうろたえたが、もうひっこみがつかない。腹をくることにした。

「えーとですね……。昨日一日、この会議室にこもってアイディアを練ったわけですが、やっぱ、だめでした……。つーか、ええと……」

社会人らしい言葉を探した。「思わしい結果が得られませんでした」

「それで……?」

馬場部長がうながす。

「ここにいても煮詰まるだけじゃないかと……。むしろ外に出て歩き回ってヒントを探したほうがいいんじゃないかと思うのですが……」

「いいね、それ」

宣伝部の四方が言った。「飲み屋のばか話から意外な発想が生まれることがある」

クリエーター気取りの発言だと啓太は思った。だが、賛成意見であることは間違いない。啓太は少しだけ安心した。

馬場部長は渋い顔になった。

「うーん。それはどうかね……。秘密が外部に洩れる恐れがあるので、皆さんにはここに詰めてもらっているわけだから……」

「これは、私の個人的な推測に過ぎないのですが……」

本庄が言った。「社内の特定の誰かにこのプロジェクトの中身を知られたくないということなんじゃないかと……。だとしたら、ここにこのメンバーが詰めていることはむしろ問題です。ここにこのメンバーが何日も詰めているというのは不自然ですからね。いずれ気づかれてしまう。ならば、いっそ密命を帯びたこのメンバーが日常業務をこなしながら、アイディアを探し求めたほうがいい」

馬場部長が言った。

「特定の誰かに知られたくないというのは、私には意味がわかりませんね」

「あー、気にしないでください。単なる推測ですから……」

「それって、梅田専務のことかい？」

宣伝部の四方がそう言うと、開発一課長の隅田と販売部の加賀がぎょっとした顔になった。

馬場部長はあわてた。

「ちょっと待ってください。そういう事実はありませんから……」

「とにかく」

本庄が言った。「特定の誰ということでなくても、こういう会議を続けていれば、我々の行動が不自然だと考える人間が必ず出てくるはずです。それは、このプロジェクトにとってマイナスじゃないんですか？」

馬場部長はうなった。

四方は言った。

「俺は営業さんに賛成だね。ここにいても何も始まらない」

「しかし……」

馬場部長は慎重だった。「このプロジェクトは、日常業務をこなしながら片手間にできるというものではなくて……」

「仕事をしているふりをすればいい」

本庄は平然と言った。「私はそういうの、慣れてますよ。とにかく、何かを見たり、人と会って話をしたりしたほうがアイディアが出やすいと思う」

「極秘の任務なんです。このプロジェクトのメンバーが外部と接触すると、それだけ機密漏洩の危険が増えます」

「危機感の共有です。ここに集まっている人で、会社が乗っ取られることを望んでいる人はいないと信じています。その危機感を共有していれば、極秘の任務には耐えられると思いますが……。それとも、スリーマークの子会社になったほうがいいと思う人がここにいるんでしょうか？」

本庄は、四方を見た。四方はその視線に気づいて、苦笑した。

「俺は口はかたいよ。危機感だって共有しているつもりだけどな……」

四方はアメリカナイズされた会社が好みだろうから、梅田専務の改革路線がお好みかもしれないと、昨夜本庄が言っていた。

危険分子と見なすべきかもしれないが、それは啓太の考えるべきことではないはずだ。

「君たちはどう思いますか？」

馬場部長が、開発一課の二人と販売部の加賀のほうを向いて尋ねた。

「たしかにアイディアというのは、会議室に座っていて浮かんでくるものではないかもしれません」

隅田課長がどこか不安げに言った。

野毛は、相変わらず、自分とは関係ないという顔をしている。

販売部の加賀は、生真面目な態度で言った。

「私も本来の職場をあまり留守にすることは望ましいとは思えません」

馬場部長は、しばらく考えた後に「ちょっと待ってください」と言って部屋を出て行った。

「園山ジュニアにおうかがいをたてるんだろうな」

本庄が小声で啓太に言った。馬場部長は五分ほどで戻ってきた。

「わかりました。いいでしょう。すぐにロマンスカーのチケットを手配します。それぞれの職場に戻ってください。ただし、時間の余裕はないことを確認しておきます。すぐにでも打開策が必要なのです。アイディアが浮かんだ場合は、すぐに直接私宛に電話をください。その際に使用する暗号を決めておきます。今回開発された新製品のことは、『S』、このプロジェクトチームのことは『意見交換会』と呼ぶことにします。誰かから知らせがあって、全員を招集したいときには、私から『Sについての意見交換会』をやるというふうに連絡します。これは、最優先事項と考えてください。なお、メールでのやり取りは禁止します。すべて電話による連絡にします。したがって、皆さんの携帯電話の番号をうかがっておきます」

ますますスパイごっこじみてきたな。啓太はそう感じていた。

「どうして、新製品のコードが『S』なんだい？」

四方が馬場部長に尋ねた。

「ケイ素、つまりシリコンを含んでいますからね」

啓太は、部長のこの言葉にも何かひっかかりを感じた。ケイ素という言葉のせいだろうか。たしかに、昨日から野毛はケイ素という言葉を何度も使っている。

「念のために、ちょっと訊いておきたい」

本庄が言った。「画期的な新製品だが、どの程度の確率で成功すると踏んでいたんだ？つまり、理想的な形の接着剤という意味だが……」

野毛がこたえた。

「最低でも九十パーセント。失敗する要素はほとんど考えられなかったですね。だから、課長が言ったんです。誰かが故意に失敗させたとしか思えないとね」

「あんたもそう思うか？」

野毛は肩をすくめた。

「微妙ですね。成功する確率は高かったですが、失敗する確率も十パーセント未満ですが間違いなくあったわけです。しかしまあ……。何らかの妨害があったと考えると、かなり失敗の理由を合理的に説明できると思いますよ」

「この失敗をもとに、さらに研究を進めるのだろうな」

「もちろんです。また一からやり直しですから、何年かかるかわかりませんが……。いや、ある程度のデータがそろっているので、時間はおおいに短縮できる可能性はありますね。当初計画していたような接着剤の試作品が、今後一年以内に完成する可能性はそう低くないと思います」

「要するに、タイミングが悪かったということか……」

本庄はつぶやくように言った。

「タイミング？」

販売部の加賀が聞き返した。「どういうことです？」

「ＴＯＢの動きがなければ、これほどおおごとにはならなかっただろうということさ。

あと一年待てばいいのだからな。だが、この時期株価が下がるということは、会社にとって致命的だ」

「内部の情報が外に洩れている可能性があると……」

「あり得ないことじゃないだろう」

当初、社内にスパイがいると本庄から聞いたとき、この人は何を言っているのだろうと、啓太は思った。

だが、こうしてさまざまな事態に直面してみると、その考えがあながち荒唐無稽ともいえないような気がしてきた。

「ところで、今日は本来は休日だが、代休はもらえるのかな……」

宣伝部の四方が言った。馬場部長がこたえた。

「それぞれの部署で申告すれば当然もらえますが、このプロジェクトに関わったからには、当分休みのことは考えないでいただきたいと思います」

明日の日曜もそれぞれの判断で働けということだ。いや、解決策が見つかるまで、この先も休みはなしということなのだろう。

営業部に配属早々、とんでもないことになったと啓太は感じていた。

7

「明日はどうしますか？」

新宿駅に着くと、啓太は本庄に尋ねた。「日曜も休みなしということですが……」

「俺が休日出勤なんてすると、かえって怪しまれるな……」

本気とも冗談ともとれる調子で本庄が言った。「そうだな。マルコウにでも顔を出してみるか。あそこの売り場を歩いているうちに何か思いつくかもしれないしな……」

「そうですね……」

その後の水糊と木工用接着剤の売れ行きも気になる。

「マルコウに十時だ。携帯に電話する」

「わかりました」

啓太は、電車を乗り継いで東急東横線の都立大学駅までやってきた。安アパートまで歩いて二十分ほどある。

　駒沢《こまざわ》通りのそばで、かつては角に柿《かき》の木坂《きざか》交番があったと不動産屋が言っていた。今はそこにはただマンションが建っているだけだ。アパートはそこから少しだけ環七通りに寄ったところにある。

　とにかく値段が安いのでそのアパートに決めた。いちおうシャワーとトイレがついている。ユニットバスというやつだ。

　周囲には飲食店や商店もあまりなく、コンビニが一軒あるだけだ。また、コインランドリーも環七通りの竜雲寺という交差点まで行かなければならない。アパートから歩くとたっぷり十分はかかる。あまりに不便なので、初任給で奮発して乾燥機付きの洗濯機を購入した。

　学生時代に住んでいたアパートは学生専用だったので、卒業と同時に出なければならなかった。地方出身者が東京で生活するのはなかなかたいへんだ。

ならば地方へ帰れと東京の人は言うが、今は東京以外では仕事が見つからない。景気は回復したというが、それは東京のごく一部の業種のごく一部の会社のことであって、地方はいまだに不景気にあえいでいるのだ。

　エレベーターもないアパートの二階の部屋だ。帰り着くと、ほっとした。いつもなら、土曜日に洗濯を済ませるのだが、出張帰りで疲れており、とても動く気にならなかった。靴下を洗濯籠に放り込んで、背広を脱ぎ、ベッドに倒れ込んだ。しばらくうつぶせになっていた。

それからはっと気づいて洋服ダンスの引き出しを開けた。しまった、クリーニングされたワイシャツがない。

二着クリーニングに出してあり、それをまだ受け取っていなかった。クリーニング店までもかなり歩かなければならない。

とにかくこのあたりは一人暮らしをするには不便な場所だ。

くたくたに疲れていたが、とにかく夕食も食わねばならない。コンビニに弁当を買いに行くついでに、ワイシャツを取ってこなくては……。

くたびれ果て、ストレスが溜まっていたので、つい暗い気分になる。

俺はここでいったい何をしているのだろう。こんなことをしていて、何になるのだろう。

なんだか泣きたくなってきた。

ちょっとだけ休もう。ほんの三十分だけ寝よう。そうすれば動く気にもなるかもしれない。そう思ったとたんに、もう眠っていた。

目を覚ましたのは十一時過ぎだった。なんと四時間も眠ってしまっていた。

当然クリーニング屋はもう閉まっている。どうして、まずクリーニング屋に行ってから休もうと思わなかったのだろう。

悔やんだが後の祭りだ。啓太は、放り出してある何枚かのワイシャツの中から比較的汚れと臭いの少ないものを選んだ。これを明日着るしかない。

そして、コンビニに弁当を買いに行った。一人でビールを飲みながらぼそぼそと弁当を食っていると、ますますみじめな気分になってきた。

翌日十時にマルコウの正面玄関に行くと、本庄から電話があった。五分遅れるという。

本庄は、店の中から現れた。

「先に着いてたんですか？」

「違うよ。車を駐車場に置いてきたんだ」

なるほど、車で来たわけだ。マルコウは典型的な郊外型の量販店だ。一昔前なら、DIYショップと呼ばれた類《たぐい》の店だ。電車でやってくる客より、車で来る客のほうがずっと多いので、広大な駐車場が完備されている。

啓太は車を持っていないので、電車を乗り継いでやってきたのだ。

本庄は軽装だった。ジーパンにチェックのボタンダウンシャツ。クリーム色の薄手のジャンパーを羽織っている。

啓太はいつもの紺色の背広にネクタイだった。

「なんだその恰好は」

「営業回りだと思ったもので……」

「今日は『意見交換会』のアイディア探しだよ」

その発想はなかった。まだ臨機応変に対応できるほど会社に慣れていない。

「まあいい。ちょっと売り場を見て歩こう。どうせだから、おまえが作った宣材がちゃんと活かされているかどうかチェックしようぜ」

まず、木材売り場に行ってみた。売り場面積は広大だ。都内の同業他店にくらべて扱っている木材の種類も数も段違いに多い。都内の店にはとうてい置けないような大きな木材もある。

売り場の一角に、金属製の棚があり、そこに啓太が作ったパネルとともに、スナマチの木工用接着剤が置かれていた。

五十個近くの接着剤がきれいに並べてある。

「悪くないレイアウトだな」

本庄が言った。「しかも、ここだけで今までの十倍は陳列されている」

啓太も徹夜で仕上げた宣材のパネルがちゃんと売り場に活かされていたので、ちょっと良い気分になった。

本庄は木工用接着剤の乱れていた列を直して、少し離れて眺めた。

それから、二人は模型売り場に出かけた。主流はプラモデルだ。その中でも、アニメのロボットものが圧倒的に多い。次に多いのが自動車だ。それからジェット戦闘機、戦車、レシプロ戦闘機と続く。

小型のニッパーやヤスリなど、プラモデル作りに必要な工具もそろっている。塗料の小さなボトルが並んでいる棚もあるし、接着剤や溶剤が並んでいる棚もある。

プラスチック製の薄い板やパテなどは、模型マニアが使うものだろう。型取り用のシリコンや二液混合で固まるレジンなども置いてある。これらを模型マニアたちがどうやって使うのか、啓太にはわからなかった。

奥まったところに、鉄道模型のコーナーがあった。さまざまなスケールの鉄道模型が陳列されており、ジオラマ、つまり風景模型を作るための材料もそろっていた。

プラスチック製の小さな樹木や建材のミニチュアなどは見ているだけでけっこう楽しい。消石灰の粉や紙粘土なども置いている。

そのコーナーの目立たないところに、スナマチの接着剤を並べた棚があった。やはり啓太が作ったパネルが置いてあったが、こちらは木材売り場に比べていかにもぞんざいな感じがした。

並んでいる接着剤の数も少ない。水糊のボトル、木工用それぞれ五個が並んでいるだけだ。

「これは目立たないな……」

本庄がつぶやいた。

「でも、棚を確保してくれただけでも……。この売り場、そんなに広くないですし……」

「こういうのを見逃すな。先方からクレームが来たときに、こちらが強気になれる材料を一つでも探しておくんだ」

「はい」

啓太は、鉄道模型コーナーを見回した。ガラスの陳列棚の中に小さなジオラマがあったので、それに近づいた。

田舎の風景の中に蒸気機関車が置かれていた。機関車は、石炭を満載した貨車を連結している。実際に鉄道を走らせるほど大きなジオラマではない。機関車を飾ることだけを目的としたものだ。

だが、その精巧な造りに感心した。

「なかなかよくできているな」

背後から本庄の声が聞こえて啓太は振り向いた。

「テレビで見たんだが、この芝生の部分とか樹木の葉とかに、緑色に着色したオガクズや樹脂などのパウダーを使うんだそうだ。シーナリーパウダーと呼ぶらしい。それを接着するのに、水糊が一番便利なんだ。水糊を薄く広く塗っておいて、その上にパウダーをまく。濃い緑色から黄緑色までさまざまな色の種類があって、それをうまく配置することで、リアルな感じを出すんだそうだ」

注文の十倍もの商品を大北に押しつけたときにも、本庄は同じようなことを言っていたのを思い出した。

あれがはるか昔の出来事のように感じられる。だが、実はたった五日前の火曜日のことなのだ。

本庄は、模型売り場内の客の動きを眺めていた。

「やっぱりプラモデル関連の客が多いな……。だが、テレビで言っていたとおり、鉄道模型の人気も捨てたもんじゃない」

それからもう一度、スナマチの接着剤を並べた棚を見た。

「手芸用品売り場に行ってみよう」

啓太はただ本庄のあとに続くしかなかった。

手芸用品売り場では、スナマチの接着剤と啓太が造ったパネルが、さらに隅っこに追いやられていた。

手芸用品売り場は、昔ながらの品揃えだ。生地や糸やボタン、毛糸に編み棒、針などの裁縫道具。

布で造った花を飾った籠などがデモンストレーションとして置かれているが、目新しさはない。

「これじゃだめだな……」

本庄はつぶやいた。たしかに、この売り場では、水糊や木工用接着剤が浮いてしまう。端っこに追いやられてもしかたがない。

せっかく作ったパネルも生地の陰に三分の一ほどが隠れている。パネルには、「ドールの衣装作りに最適！」などと書かれているが、そのドールがどこにもない。

啓太は本庄をまねて、客層を眺めてみた。普通の主婦が多い。彼女らが、ドールなどに興味を持つとは思えない。従って、ここでスナマチの接着剤が売れることもないだろう。

それから文房具売り場をのぞいた。文房具売り場ではもともとそれなりの品揃えがある。スナマチは糊の老舗なので、文具業界では名が通っており、シェアもそこそこだ。

「よし、接着剤売り場に行ってみよう」

接着剤は、広大な売り場で、コーキング剤や家庭用の塗料などといっしょに売られている。プロ仕様のパテなども置いてあり、何に使うわけでもないが、見ていて飽きない。

スナマチの水糊と木工用接着剤を探した。ここも以前と扱いは変わらない。十倍仕入れたから、十倍陳列するというわけにはいかないのだ。

「あれ、本庄さん？」

背後から声をかけられて、啓太と本庄は同時に振り向いた。

エプロン姿の大北だった。エプロンはこの店の制服だ。相変わらず狐のようだ。

「ああ、どうも。その後、うちの商品、どうです？」

こたえを聞かなくても大北の態度でわかるような気がした。

「だまされた気分だね。ほんと、本庄さんにだまされたよ」

本庄は平然としている。

「今から、返品したいね」

「商品が動いてないということですか？」

「以前とそれほど変わらないよ」

「それほど変わらないということは、少しは伸びたんですね」

「少しだよ。ほんの少し……。もう、俺、あったま来てるんだよ。上司には怒鳴られるしさ。他の売り場のやつには、さんざん厭み言われるし……。もう、おたくからは仕入れないよ。水糊や木工用接着剤だけじゃなくって、瞬間接着剤もゴム糊も、もうなーんにも仕入れないよ」

啓太は、目の前が暗くなっていった。もとはといえば、啓太が一桁間違えて販売部に伝えたのが発端だ。

「申し訳ありません」

本庄は、まったく申し訳なさそうではない態度で言った。

「よく、うちにやってこられたもんだよ。あんた、出入り禁止だよ。すぐ出てってよ」

啓太は気が遠くなってきた。

「まあまあ……。そう言わずに……。長い付き合いじゃないですか」

本庄はのらりくらりと相手をかわした。「模型売り場や手芸売り場を見てきましたよ。そうそう、木材売り場もね……。レイアウト変えてくれたのは、いつのことです？」

大北の言葉のトーンが一気に下がった。

「……金曜だよ」

「金曜」

本庄は目を丸くした。明らかに演技だ。「まだ三日目じゃないですか。それで結果がわかるんですか？」

大北の声はますます小さくなる。

「二日もたてば、商品の動向はつかめるよ」

「そうでしょう。大北さんもプロですからね」

「まあ、そういうことだ」

「でもね、私が言ったようなことはちょっと時間がかかるんです」

大北がちらりと横目で本庄を見た。

「どういうことだよ、それ……」

「今まで足を運んでいなかった層の客を引っ張ろうというんです。まず、客の眼を引き、それから口コミで広まり、ようやく客が足を運んでくる」

「そんな悠長な……」

「その代わり、一度ついた客は離れませんよ。その中に大口の利用者も含まれている可能性はおおいにあります」

「大口の利用者……？」

「言ったでしょう。建築事務所とか、内装屋とか……。そういう連中は常に一カ所で目的のものがすべて揃うような店や売り場を求めているんです」

内装屋が小売店で家庭用の水糊や木工用接着剤を購入するとは思えない。彼らはプロ仕様のでかい缶で購入するはずだ。だが、本庄の説明を聞いているとなんとなく彼らもスナマチの糊を買うような気になってくる。

勢いで押すわけではない。理詰めでもない。だが、たしかに説得力があるのだ。

大北は考え込んだ。

「一週間」

本庄は言った。「一週間様子を見てください。マルコウさんにはそれくらいの余裕はあるでしょう」

「そりゃあ、まあ……。本当に一週間で結果が出るのか？」

「ただし、いくつか改良してほしい点があります」

「何だ？」

「木材売り場は成功しています。ただ、模型売り場や手芸売り場は、もう一工夫必要です」

大北は顔をしかめた。

「よその売り場のことに口出すと、その売り場の連中がいい顔しないんだよ」

「それはマルコウさんの問題だと、以前話し合ったじゃないですか」

「まあ、そうだが……。模型売り場はいっぱいいっぱいなんだ。あの面積にいろいろなものを陳列しなければならない。それにね、模型売り場のやつらは、妙なこだわりを持っていてね、接着剤なんかにもけっこううるさいんだ」

「スナマチの品質はどこにも負けませんよ」

「大手ではタミヤ、通好みのところでは造形村なんてところで、接着剤やパテを出しているそうだ。ブランドイメージがあるんだよ」

「中身はスナマチのものと変わりませんよ」

「模型売り場のやつらはブランドにこだわるんだ。付加価値なんだそうだ」

「いいでしょう。棚の面積を増やせとはいいません。位置をちょっとだけずらしてほしいんです」

「位置をずらす？」

「そう。機関車のジオラマがあります。あそこの脇に棚を持ってきてほしいのです。私が見たところ、移動しても客の動線には影響はなさそうでした。どうです？　それくらいのことは、大北さんの力でなんとかなるんじゃないですか？」

「まあ、できないことはないと思うが……。それで売り上げが変わるのか？」

「変わりますね。それから手芸用品売り場です。ドールを一体買ってきますから、それをスナマチの糊のそばに飾ってほしいのです」

大北はしばらく考えていた。

「まあ、持ってきてくれるっていうんなら、手芸用品売り場のやつらと交渉してみるけどね……」

「絶対に説得してください。必要なことなんです」

「わかったよ。それで、そのドールとかいうの、いつ持ってきてくれるの？」

本庄は啓太を見た。

「おまえ、車運転できるか？」

「免許は持ってますけど……」

「じゃあ、ちょっと渋谷まで行ってドールを買ってこい」

「いや、免許取ってからほとんど運転したことないんですけど……」

「使えないやつだな。じゃあ、俺が運転するからいっしょに来い」

大北が本庄に尋ねる。

「今から買いに行くわけ？」

「ええ。善は急げっていうでしょう？」

本庄は地下の駐車場に向かい、啓太はそのあとを追った。

「すみません。役に立たなくて……」

車に乗り込むと、啓太は本庄に言った。

「これから一人で営業回りすることになるんだ。ペーパードライバーじゃつとまらないぞ」

「はい」

「まあいい。今度営業に行くとき、おまえが運転してみろ」

「はい」

「渋谷の東急ハンズのそばにボークスという模型屋があってな。今じゃドール専門店になっている。そこに行ってドールを買ってくる。一つドールが飾ってあれば、必ずマニアの眼を引く」

「あの……。本当に一週間で結果が出ると思いますか？」

「ああ？　そんなことわからないよ」

「でも、さっき大北さんに断言していたじゃないですか」

「ああでも言わなきゃ、収まらなかっただろう」

やはりはったりだったか……。

「一週間後に、まったく商品が動かなかったらどうします？」

「そんときはまた何か考える。いいか？　こういうときは自分だけが動いちゃだめだ。相手を動かさなきゃ。こっちだけが悪者になることはないんだ」

「はあ……」

高速道路を通り、渋谷まで一時間ほどかかった。井の頭通りから細い脇道に入ったところに、本庄が言ったドール専門店があった。

黒っぽいコスチュームに身を包んだドールが客たちを見下ろしている。ちょっと不気味な雰囲気だ。

「これ、領収書落ちるかな……」

本庄は、つぶやきながら、適当なドールを買った。それからまた一時間かけてマルコウに戻り、大北にドールを渡した。

「へえ、これがドールなんだ。ただの人形じゃないか」

「マニアはその人形に自分と同じ服を着せて持ち歩いたりするんです」

「へえ……」

「じゃ、頼みましたよ。必ずそれを手芸用品売り場に飾ってください」

「ああ。なんとかする」

本庄は長居は無用とばかりに、さっさとその場を離れた。

「とんだ時間を食っちまったな……。さて、本来の目的は『S』をどう利用するかのヒントを探すことだったが……。何か思いついたか？」

「いいえ」

「そうだろうな……。適当に、マルコウの中をぶらついてみよう」

「はい」

コーキング剤売り場を通り、塗料売り場をぶらぶらした。雑多な種類の商品が並んでいる。あらためて眺め回すと、世の中には実におびただしい数の商品がある。

パテと一口にいっても、ポリエステルパテがあり、エポキシパテがあり、合成ゴム系のパテもある。

塗料も、ラッカー系があり、アクリル系があり、水で薄めるタイプ、溶剤で薄めるタイプといろいろある。

すべての商品が、各メーカーの研究の成果なのだ。商品が完成するまでには、さまざまな試行錯誤があったのかもしれない。『S』のように失敗したこともあっただろう。

その結果がここに並んでいるのだと思うと、ちょっと感動的だったりする。

「腹減ったな」

本庄に言われて気づいた。昼をとうに過ぎていた。

「ここのラーメン、うまいの知ってるか？」

「いいえ」

「一階だ。行ってみよう」

一階には広いスペースにハンバーガーショップやラーメン屋などが並んでいる。食券を買って窓口でラーメンを受け取る。店内は昼時を過ぎているので、比較的すいていた。

啓太は醤油味を選んだが、本庄が言ったとおりなかなかの味だった。もっとも、啓太は別に舌が肥えているわけではないので、たいていのものをうまいと感じる。

「さあて、これからどうするかな……」

本庄はラーメンをすすり、気のない口調で言った。『S』の利用法を本気で考えているとはとても思えない態度だ。

「くっつかない接着剤なんて、接着剤じゃないわけですから、接着剤関連の売り場を見て歩いても参考にならないですよね」

本庄は、周囲を見回した。

「発言に注意しろ。どこで誰が聞いているかわからない」

「すいません」

「特に、こういう店には同業の営業なんかが来ているから気をつけろ。スリーマークの営業も来ているかも……」

　そこまで言って、ふと気づいたように本庄は言った。「そうか……。大北は、スリーマークの営業から聞いたのかもしれないな……」

「乗っ取りの話ですか?」

「……ということは、スリーマークの社内でも噂になっているということか……」

「いつTOBを仕掛けてくるつもりでしょうね……」

「そう遠い先の話じゃないな。だが、時機を見極めるのが難しくなってきた。もしスリーマークの上層部が『S』のことを知っていたとしたら、すぐにTOBを仕掛けることを躊躇するはずだ」

　啓太はうなずいた。いつかそれについては話し合ったことがあるので理解できた。

　開発の失敗が世間に知れると当然スナマチの株価は下がるだろう。その前にTOBを発表すると、時価よりずいぶんと高い設定になってしまう恐れがある。時価より高めに買い取りの値段を設定するから株主が売ろうとするのだ。

　TOB発表後に、開発失敗が公表されて株価が下がったら、買い取り設定の価格と時価の差がそれだけ大きくなってしまう。つまり、スリーマークはばかを見ることになるのだ。

「じゃあ、株価が下がったところを見計らって仕掛けてくるというわけですね」

「それが常識的な考えだが、マーケットというのは複雑だから、他の思惑もあるかもしれない。一概には言えないな……。おっと、こういう話も要注意だな……」

本庄はまた周囲を見回した。啓太も同様に見回した。なんだか怪しい二人連れになってしまった。

その後、あてもなくマルコウの店内をぶらぶらして夕方まで過ごした。疲れ果てて、引き上げることにした。

女性は買い物に一日中歩き回っても平気らしいが、たいていの男はうんざりしてしまう。

「俺は車で帰るが、おまえはどうする？」

「電車で帰ります」

「じゃあ、明日な……」

一人になると、ワイシャツのことを思い出した。あのクリーニング屋は、日曜日開いていただろうか……。開いていれば帰りに寄ってワイシャツを受け取れるのだが……。

8

月曜の朝、よれよれのワイシャツを着て出勤すると真奈美が何度か意味ありげな眼差しで自分のほうを見ているのに、啓太は気づいた。御殿場工場でのことを聞きたがっているに違いない。

啓太にとって幸いなことに、なかなかそのチャンスがやってこなかった。社内でこそこそ二人きりで話をしていたら、すぐに噂になってしまう。真奈美だってそういう事態は望んではいないだろう。

メールも来なかった。メールは社内のサーバーを経由する。管理者に内容を読まれる恐れがあり、真奈美としてはそれも避けたいにちがいない。

午後になって、ついに真奈美につかまってしまった。

「資料室に段ボール一杯の書類を取りに行くんだけど、手伝ってくれる？」

断るわけにはいかない。真奈美について、一階上の資料室まで行った。資料室に人気《ひとけ》はなかった。

これって、完全に怪しい状況だよな……。

啓太はそんなことを考えていた。たしかに、社内恋愛のカップルなどがいちゃつくのにはもってこいの環境だ。そのためにこの部屋を用意しているのではないかと思ってしまうほどだ。

「それで、御殿場では何の会議だったの？」

「それ、秘密なんです」

「同じ課の私にも言えないということ」

「極秘だそうです」

「わかってるのよ。開発一課の新製品についての会議でしょう？」

「わかってるなら、訊かないでください」

「もう実用段階に入っているの？」

「えーと、どうでしょう……」

「ただじゃしゃべらないということね」

「いや、そういうことじゃ……」

「ご褒美がほしいのね。胸触ってみる？」

「え……？」

触ってみたかった。

「冗談よ。話題を変えるわ」

ちょっとがっかりした。

「本庄さんの様子はどうだった？」

「普通でしたよ」

「外部と連絡を取っているような様子はなかった？」

「なかったと思いますよ。ずっと会議室にいて、会議が終わると工場の寮に閉じこめられていましたから……」

「閉じこめられていた……？」

「あ、いえ、言葉のアヤです」

「変なアヤは必要ないの。その間、ずっといっしょだったの？」

「寮の部屋はいっしょでしたから、まあ、そうですね」

「彼が一人になることはなかった？」

「僕が風呂に入っている間、本庄さんは一人で、部屋でテレビ見てましたけど……」

「その間、何をしていたかわからないわけね」

「あの……。本庄さんがスパイのはず、ないと思いますよ」

「その根拠は？」

あんたのほうが怪しいからだ、とは言えない。

「いや、別に根拠はないですけど、常識的に考えて……」

「スパイに常識は通用しないの」

「だいたい、本当にスパイなら危険を冒して御殿場から外部に連絡を取るなんて考えられないじゃないですか。東京に戻ってから報告すればいいんだし……」

「情報はスピードとタイミングなのよ」

「とにかく、僕は別に本庄さんを怪しいとは思いませんでした」

「ふうん……」

そのとき、不意にドアが開いた。中年の社員がびっくりした顔で言った。

「あれ、なんかヤバイところに来ちゃった？」

真奈美は笑顔で言った。

「やだ、坂本さん。資料取りに来ただけですよ」

「二人でかい？」

「力仕事ですからね。さ、丸橋君、そこの段ボールよ。私の席まで運んで。お願いね」

真奈美は先に部屋を出て行った。坂本と呼ばれた中年社員が、啓太に言った。

「本当にじゃましたわけじゃないの？」

「ええ。もちろんです」

じゃまどころか、おかげで助かりました。啓太は心の中でそう言うと、段ボールの箱をかかえて部屋を出た。


席に戻ると、本庄が啓太に言った。

「ちょっと来い」

いつになく厳しい表情をしている。真奈美と二人で資料室に行ったことをとがめられるのかと思った。本庄は、エレベーターホールに啓太を連れだした。

「あの、僕、何も言ってませんから……」

「何の話だ？」

「内田さんのことじゃないんですか？」

「そんなのはどうでもいい。親玉が動いている」

「親玉……？」

「梅田専務だ。さっき宣伝部の四方から電話があった。梅田専務に呼ばれたらしい。おそらく『S』の会議に出席した者全員を個別に呼ぶつもりだ」

「え……」

啓太は動転した。「どうすればいいんです？」

「何もしゃべるな。しゃべったとたんに、おまえは会社を売ったことになるぞ」

「わかっています。でも、自信がありません……」

「しゃっきりしろ。俺たちは密命を受けたプロジェクトチームだぞ」

「あ、こんなところにいた」

真奈美の声がして、啓太はどきりとした。真奈美は、部屋の出入り口から首だけ出して言った。

「本庄さん、内線電話よ。役員室から……」

「来やがった……」

本庄はつぶやいた。

真奈美が厳しい眼差しを向けているのに気づいた。啓太は、膝から力が抜けていくように感じていた。

本庄が戻ってくるまで、気が気ではなかった。仕事をしようにもパソコン上の文字が頭に入らない。電話を取ればとんちんかんなことを言ってしまう。

本庄への電話はやはり梅田専務からの呼び出しだった。席を立ってから三十分以上経っている。こういう場合の三十分は長く感じられる。

啓太はどきどきしていた。たった一人で、専務に呼び出されたら、とても口を閉ざしている自信はなかった。恫喝《どうかつ》されたら、すぐにでもしゃべってしまいそうだ。

ようやく本庄が席に戻ってきた。ぐったりしていた。

「どうでした？　何を訊かれました？」

「御殿場の会議についてだ。根掘り葉掘り訊かれたが、俺は口を割らなかったぞ。四方もしゃべらなかったらしい。あいつ、口はかたいと言っていたが、嘘じゃなかったようだ」

「僕、自信がありません……」

「しっかりしてくれ。会社の将来がかかっているんだぞ」

「僕には荷が重すぎます」

「俺にだって重かったよ」

そのとき、真奈美が啓太に言った。

「役員室から電話よ」

来た。心拍数がさらに跳ね上がった。

「はい、丸橋です」

気取った感じの女性の声が聞こえた。

「梅田専務の部屋まで、至急いらしてください」

「わかりました」

電話を切ると啓太は、立ち上がった。本庄が小声で言った。

「負けるなよ」

「はい。あの……」

「何だ?」

「梅田専務の部屋って、どこですか?」

9

役員室の階というのは別世界だった。壁も木材をふんだんに使って居心地がよさそうだったし、照明もいくぶん暗く落ち着いた感じだ。高級ホテルのロビーか何かのようだ。廊下もリノリウムなどではなく、いかにも高級そうな床材を使用している。

梅田専務の部屋がまたすごかった。広い部屋に絨毯が敷きつめられている。両袖の巨大な机があり、その向こうに恰幅のいい梅田専務がでんと構えていた。威圧感がある。

机の前には革張りの応接セットが置いてあった。向こうの壁には大きな油絵がかかっている。おそらくとんでもない値段の絵なのだろう。

その絵の下には、脚部が曲線を描く木製のアンティーク風の台があり、映画にでてくるアメリカの企業の役員室でよく見るようなウイスキーかブランデーの入ったカットグラスの容器が置いてあった。

部屋の中まで、タイトスカートのスーツを着た秘書が案内してきたが、彼女はすぐに部屋を出て行き、啓太は梅田専務と二人きりになった。

堂々とした体格の専務は、いかにも高そうな背広を着ていた。ダークグレーにピンストライプだ。深紅のネクタイを締め、同色のポケットチーフをのぞかせていた。

五十代後半のはずだが、髪は黒々としており、いかにも精力的な感じがした。真奈美に手を出してもおかしくはないと思った。悔しいが真奈美を奪い合ったとしても勝てる気がしなかった。貫禄も財力も経験も社会的ステータスも……、何もかもが違いすぎる。

「丸橋君だね?」

魅力的な低音で梅田専務は言った。

啓太は気をつけをしてこたえた。

「はい。丸橋啓太です」

「そんなにしゃちほこ張らなくていい。楽にしなさい」

それは無理な注文だ。緊張のために、自分の手足が思うように動かない。妙にぎくしゃくしている。

「まあ、そこにかけなさい」

梅田専務は、応接セットを指さした。ここで素直に座っていいものかどうか判断に苦しんだ。言われるままに腰かけてしまうと、後からなんと失礼なやつだなどと言われかねない。

すすめられても、三度までは断るのが礼儀、などという言葉もある。大人の世界はむずかしい。

啓太が突っ立っていると、梅田専務が立ち上がり、机を回って前に出てきた。

「さあ、腰かけて楽にしなさい」

そういって啓太の肩に手を掛けてソファに座らせ、自分もテーブルをはさんだ向かい側に座った。

座ったとたんに体が埋まってしまった。あわてて身を起こそうとするが、ソファがあまりに柔らかくてうまくいかなかった。ようやく浅く腰をかけて背を伸ばすことができた。

梅田専務はくつろいだ様子でソファにもたれていた。

「面接のときに一度会っているね」

「はい」

そうだったかもしれないが、よく覚えていない。面接のときは、緊張の極致で誰と何をしゃべったか断片的にしか覚えていない。あれでよく入社できたものだと思う。

「その後、あまり話す機会もなかったので、たまには雑談でもしようと思ってね。社員とのコミュニケーションは何より大切だと、私は思っているんだ」

「はい」

「営業部に配属になったんだったね。その後は、どうだね？」

「まだ、仕事に慣れていません。今は、本庄さんに助けられてなんとかやっています」

「本庄に付いているのなら間違いないだろう。彼は営業部のエースだ」

「はい」

「さきほど、本庄君にもいろいろと話を聞いたよ。マルコウに十倍の納品をしたそうだな？」

「すいません」

梅田専務は鷹揚に笑った。

「結果オーライだ。いいかね、ビジネスというのは結果だ。その点ではスポーツに似ている。スポーツというのは、基本的にはゲームだから、勝つことに意義がある。いい試合をしたからといって、負けては何にもならない。みんな勝つために練習するんだ。ビジネスも同じだ。いいところまで行ったが、ライバル社に契約を取られた、なんてことになれば、元も子もないわけだ。どんなことをしてでも結果を残す。それがビジネスだ。わかるかね？」

「はい。わかります」

まだ実感はないが、その厳しさは想像できる。

「だから、マルコウの件はおおいにけっこうだ」

「本庄さんが後始末をしてくれたんです」

「いつか、それを自分でできるようになればいい。だが、自立は早ければ早いほどいい。ちょっと厳しいことを言うようだが、この時期の新入社員というのは、まだお客さんのようなものだ。売り上げを期待できるわけではない。だから、私たちは一日も早く、君たちに一人前になってほしいと願っているわけだ」

「はい」

「一人前になるというのは、どういうことかわかるかね？」

ちょっと考えた。うまい言葉が思いつかない。

「いえ、よくわかりません」

梅田専務は、また穏やかにうなずいた。

「それはね、他の人の役に立つということだよ。わかるね？」

「はい。わかります」

「けっこう。君は早く人の役に立つ人間になりたいとは思わないかね？」

「思います」

「では、さっそく私の役に立ってくれないかね。二、三、訊きたいことがあるので、それにこたえてくれれば、私はおおいに助かるのだが……」

そう来るか……。

啓太は身構えた。

「訊きたいことというのは、他でもない。君たちが金曜日と土曜日に、御殿場の開発部で開いた会議についてだ。残念なことに、その会議の内容については、私のところに情報が上がってきていない。それは、経営の判断を下さなければならない私にとって、とても困ることなのだ。理解してもらえるかね」

「理解できます」

「よろしい。では、その内容について教えてもらいたい。何のための会議だったのかね？」

「会議の内容は極秘だと言われているのですが……」

梅田専務はかぶりを振った。

「秘密に対するアクセス権というのを知っているかね？　例えば、社内のコンピュータでは、私は社長に次ぐ二番目のアクセス権を持っている。誰に極秘だと言われたかは知らないが、それを君に伝えた人間のアクセス権は私より下に違いないということだ。つまり、私には、君が極秘だと言われた内容にアクセスする権利があるということなのだ」

言いくるめられてしまいそうだ。専務が言っていることは、正しいようでどこか嘘が混じっている。

アクセス権については本当だろう。だが、その言葉はデータ化されて、コンピュータの記憶装置に保管されているものに関してのアクセス権だ。

だが、それを指摘する勇気はなかった。啓太は黙っているしかなかった。

「みんな何を警戒しているのか、私には理解できない。新接着剤を開発していることは、もちろん知っている。そろそろそれが完成していなくてはならない時期だ。だが、開発部に問い合わせても、はっきりしたことを言わない。そうこうしているうちに、御殿場で君たちを集めて会議が開かれた。これがどういうことなのか、専務の私が知らない。これは問題だと思わないかね……？」

「問題かもしれません。しかし、僕はただ本庄さんのオマケでくっついて行っただけなのです。会議の内容もほとんど理解できませんでした」

これは本当のことではない。会議の内容はあらかた理解できている。だが、こう言っておけば、お目こぼしもあるかもしれない。

「理解できていなくてもいい。会議で何について話し合われたか。それを教えてくれればいいんだ」

ものすごいプレッシャーを感じる。だめだ。新入社員が専務に対抗できるはずがない。

「意見交換会でした」

啓太は言った。

「そうです。新商品に対する……」

「なるほど……。開発部、営業部、販売部、宣伝部、それぞれのエキスパートが顔を揃えていた理由がそれである程度は納得できるな……。それで、どんな商品なのかね？」

「それは、すでにご存じなのではありませんか？」

「知っている。だが、君の口から聞きたい」

「シアノアクリレートをもとにした画期的な接着剤だということです。僕に理解できたのはその程度です」

「なるほど……。それで、どんな意見が出たのかね？」

「宣伝の方針とか営業の戦略とか、そういった一般的な話し合いでした」

専務は何度もうなずいた。

これで納得してくれれば、と啓太は期待した。

「丸橋君」

専務は穏やかに言った。だが、その声は冷たかった。「君は私をばかにしているのかね？」

背筋が寒くなった。

「会議の内容がその程度のものなら、とっくに私のところに情報が入っているはずなんだよ」

梅田専務は、啓太を睨みつけた。恐ろしくて気を失いそうだった。

これ以上は無理だ。もう抵抗することはできない。

梅田専務は突然声を張り上げた。

「いったい何の会議だったんだ？　さっさと言わんか！」

「あ……」

啓太が口を開きかけたとき、部屋のドアが開いた。

梅田専務は戸口に向かって怒鳴った。

「誰も通すなと言っただろう」

秘書がそこにいるものと思ったに違いない。だが、戸口にいたのは秘書ではなかった。

「すみません。急を要したもので……」

園山ジュニアだった。

「あんたか……。何事だね？」

「株価が急落しています」

梅田専務は立ち上がった。ちらりと啓太のほうを見る。啓太も立ち上がっていた。

梅田専務は机に戻ると、啓太に言った。

「君はもういい」

啓太は弾かれたように、戸口に向かった。梅田専務と園山ジュニアに礼をして逃げるように役員フロアを後にした。

「どうだった？」

席に戻ると、本庄が小声で訊いた。

「やばかったです。危機一髪というところで、園山ジュニアが部屋に入ってきて……」

「そうか。梅田専務の動きを察知して自ら乗り出したのだな……。それで、『S』については何もしゃべらなかったのだな？」

「なんとかごまかせたと思います。それより、園山常務が言っていたんですが、株価が急落したと……」

「何だって……？」

本庄は、背もたれに体を預け、片足をもう片方の膝に乗せた姿勢のままで、社内を見回した。

部長が電話を取り、席を外すところだった。

「お、緊急招集かもしれないな……」

本庄は思案顔になった。そこで、わざとらしく声を大きくして言った。「さて、営業回り、行ってくるか……」

「はい」

啓太ははっきりとした声で返事をした。

真奈美がちらりと啓太のほうを見たのに気づいた。

その目つきがしばらく脳裡にちらついた。

そうか。あの梅田専務が真奈美のお相手なのか……。啓太は、二人の夜の生活を想像したりした。うわあ、大人の関係だ。

なんだか、へこんできた。

営業車の助手席に乗ろうとすると、本庄が言った。

「ちがう。おまえはこっちだ」

運転席に乗れということだ。車のキーを手渡された。不安だったが、一人前の営業マンになるためには車の運転くらいできなければならない。

本庄は助手席に座ると、言った。

「株価が急落したというのは、本当らしいな。とにかく、何かが起きたのは確かだ。部長の顔色でわかった」

「常務が専務の部屋に飛び込んできて報告したんだから、本当でしょう。インターネットですぐにわかるんじゃないですか？」

「株価が落ちたということは、スリーマークはすぐにでもＴＯＢを仕掛けてくるな。このタイミングを逃すはずはない」

「はい」

「しかし、問題はどうしてこの時期に株価が急落したか、だ」

「新接着剤の開発に失敗したからでしょう」

「それは極秘事項だ。まだ公になっていない。あの梅田専務ですら知らなかったんだ」

「じゃあ、スパイは梅田専務やその愛人の内田さんじゃないということになりますね？」

「おい、真奈美は梅田専務の愛人なのかよ？」

「あ、てっきり僕はそうだと思ってしまったんですが……」

「なんだ、確証をつかんでいるんじゃないのか」

本庄はつまらなそうに言った。

「でも、そう考えれば、話の筋は通りますよね」

「そんなことより、どこから情報が洩れたか、だ……。開発部か、あるいは『意見交換会』のメンバーか……。その辺しか考えられないんだが……」

「開発部が情報を洩らすメリットなんてありますか？　自分の失敗を吹聴するようなもんでしょう」

「情報の漏洩はメリットがある場合だけとは限らない。ついうっかりってケースがけっこうあるんだ」

「その場合は悪意はないわけですね？」

「だが、結果的にこの時期にその情報を洩らすということは、会社を危機に陥れるということだ」

「開発部じゃなくて、『意見交換会』のメンバーの誰かだとしたら、確信犯だということになりますね」

「この場合、確信犯という言葉、合ってるかどうかわからんが、まあ、言いたいことはわかる。ＴＯＢを視野に入れていたということだろう」

「怪しいのは誰でしょうね？」

「俺は、四方だと睨んでいるがね……」

「でも、梅田専務に呼ばれても口を割らなかったって……」

「それは本人が言ったことだ。確認は取れていない」

　啓太は無力感を覚えた。

「いずれにしろ、ＴＯＢとなれば、もう役員の問題ですよね。僕たち平社員にできることはありません」

「そうかな……」

　その言葉に、思わず啓太は本庄のほうを見ていた。本庄は、あの時と同じ表情をしていた。マルコウに注文の十倍の商品を送りつけたと報告した、あの時だ。

肉食獣が獲物を見つけたときのような眼。本庄が本気になったのだ。御殿場の会議でも見せなかった表情だ。

「そうかなって……」

「俺たちは、会社の命運を託されたんだ。『S』の有効な利用法を見つければ、株価は回復するかもしれない」

「でも、それって無理な気がします」

「なぜだ？」

「『S』のことを完全に把握していないからです。どういうものか、ちゃんと理解しているのは、開発部の人たちだけでしょう？」

「だが、開発部の連中は世間知らずだ。だから、俺たちが集められたんだ。何とかするんだ。おまえ、何かひっかかるって言ってただろう。それって、何なんだ？」

すっかり忘れていた。

「いや、自分でも見当がつかないんです。でも、『S』の説明を聞くたびに、何か似たようなことをどこかで聞いたか読んだかしたような気がして……」

「頼りねえな。まあ、しょうがない。新入社員に期待しても始まらない。ここは、俺が何とかしなきゃな……」

「はあ……」

「形だけでも、営業回りしなけりゃな……。車を出せ」

啓太は、緊張した。教習所の仮免の時以来、公道を運転したことはない。だが、幸いなことに、免許を取ってからそれほど日が経っていない。就職が決まってから教習所に通いはじめたのだ。長い間ペーパードライバーをやっていたわけではない。

「行きます」

エンジンをかけて、シフトをRに入れる。ゆっくりとバックで駐車場から出た。

「教習所の教官の気分だな」

本庄はなぜかうれしそうにそう言った。

10

翌日は朝からちょっとした騒ぎになっていた。本庄の読み通り、スリーマークがスナマチの株のＴＯＢを発表したのだ。

スナマチの株価は上がる気配を見せない。スリーマークはそれを見越して、絶妙のタイミングでＴＯＢを発表したのだ。

「万事休すですかね……」

啓太は本庄に言った。本庄の眼は輝いていた。

「まだまだだ。会社を乗っ取れるだけの株が集まるまでにはまだ時間があるはずだ。その間に、『Ｓ』の有効な利用法が見つかれば、会社を救える」

「それだけで、会社を救えるんですか？」

「もちろんそれだけじゃない。役員たちは、できるかぎりの対抗措置を取るはずだ。配当を増やすとか、自社で株を買い付けるとか……」

なんとなく理解できた。

朝十時には、各社員のパソコンに一斉メールが流れた。

スリーマーク社が、スナマチの株を対象としたＴＯＢを発表したことが、一部マスコミによって報じられているが、わが社には充分な用意があるので、社員諸君は付和雷同することなく、安心して日常の業務に励んでほしい。

そのような内容のことが、代表取締役名で書かれていた。

「うちの株主総会って、いつなんですか？」

啓太は本庄に尋ねた。

「六月中旬だ。あと一ヵ月もないな。スリーマークがこのタイミングを選んだのも、株主総会を睨んでのことだろう」

代表取締役名の一斉メールも、それほど効果があったとは思えない。社内は落ち着かない雰囲気だった。

不思議だったのは、真奈美までが不安げな顔をしていることだった。スリーマークによるＴＯＢは、彼女にとっては充分予想できたことではなかったのか？　そして、それは望ましいことのはずだ。

昼直前に、本庄に開発部長から電話があった。本庄は啓太に言った。

「今日中に御殿場に来いと言っている。また会議をやるそうだ。もうなりふりかまっていられないという感じだな」

「僕も行くんですか？」

「当然だろう。新宿発一時五十分のロマンスカーがある。それで行こう。真奈美にチケットを押さえてもらってくれ」

啓太は、真奈美の席に近づいてそのことを告げた。

「また、御殿場……？」

「そうみたいですね」

「いったいこの期に及んで何を話し合うというの？」

それを聞いた課長が顔をしかめた。

「おい、言葉に気をつけなさい。まるで、会社が終わりみたいな言い方じゃないか」

真奈美が啓太を睨んだ。ひどく腹を立てている様子だ。啓太は訳がわからなかった。別に何も悪いことはしていない。

女って、わかんないな……。

課長が啓太に言った。

「話は聞いている。開発部長が招集する会議は最優先事項だ。園山常務の仕切りなんだろう？　その出張に限り私の許可は必要ない」

「はい」

本庄はとうにそのつもりのようだ。

「内田さん、なんか機嫌わるいですよ」

本庄は真奈美の席を一瞥して、「そうか？」と言っただけだった。

昼食はロマンスカーの中で食べた。今回は啓太が幕の内弁当を買いに行かされた。

本庄は何か考え事をしていた。

啓太も考えていた。

真奈美が啓太に対して腹を立てている様子なのはなぜだろう。御殿場での会議の内容を話さなかったからだろうか。

いや、彼女の態度はＴＯＢ発表後、急に硬化した。

真奈美は梅田専務の下で動いている。いわば女エージェントのようなものだと思っていた。だが、もしそうなら、腹を立てる理由はない。事態は彼らの思惑通り運んでいるのではないのか……。

真奈美と梅田専務がＴＯＢを阻止しようとしていたというのなら話はわかる。そして、真奈美が本気で本庄をスパイだと考えているのなら、たしかに本庄の動きをちゃんと見張っていなかった啓太に対して腹を立てるのも理解できる。

そう考えれば、昨日梅田専務が、『Ｓ』についての『意見交換会』のメンバーと個別に面談していた理由も説明がつく気がする。梅田専務は情報をかき集め、なんとかTOBを阻止するか、先延ばしする方策を考えようとしていたのではないか。

本庄がスパイでないという確証はない。ただ、啓太がそう感じているだけだ。優秀なスパイなら、簡単に正体を悟られたりはしないだろう。啓太のような新入社員を丸め込むのはたやすいことに違いない。

真奈美が言うように、本庄がスパイだとしたら、啓太はうまく利用されているだけなのかもしれない。

なんだか、前提が揺らいできた。

誰を信じていいのかわからなくなってきた。だが、今は本庄の側につくしかない。本庄は啓太の『師匠』なのだから、彼を頼るしかないのだ。

東京は五月晴れだったが、御殿場はやはり曇っていた。

会議室に着いて驚いた。人数が先日の三倍くらいに膨らんでいる。本庄も驚いた様子だった。

会議室内はざわざわしていた。本庄と啓太は空いていた席に並んで座った。

「開発部からの人数が増えているな……。一課だけでなく二課からも来ている」

本庄が小声で言った。

「宣伝部も増えている。販売も……。驚いたな、総務までいるぞ……」

しばらくすると、出入り口から園山常務と馬場開発部長が入ってきた。全員が立ち上がった。最後に立ち上がったのが本庄だった。

「着席してください」

園山常務が言った。全員が腰を下ろして注目するのを待つ。「ご存じのとおり、事態は急を要します。先日の会議では残念ながら有効なアイディアを得ることができませんでした。そこで開発部長とも相談して、さらに会議を拡大してこうしてお集まりいただいた次第です」

園山常務は馬場部長にうなずきかけた。馬場部長が、前回の会議の内容を説明した。新製品の開発に失敗したという事実を初めて聞く人間が多い。会議室の中は緊張した空気に包まれていった。

開発部長の説明が終わり、野毛があらためて技術的な説明をした。やはり、新たな参加者の大半はちんぷんかんぷんの顔をしている。開発部から新たに参加した三名だけが、じっと考え込んでいた。

それから質疑応答があった。

思ったとおり、前回の会議の繰り返しとなった。

「時間の無駄だな……」

本庄がそっとつぶやいた。「いいアイディアがなかったから、人を増やすというのも間違っている。船頭多くして船山に上るってやつだ。少数精鋭を貫いてほしかったな……」

啓太は何も言わなかった。他の参加者に聞かれるのが恐ろしかった。本庄は気にしていないらしいが、それは本庄に実績があるからだ。新人の啓太が批判的なことを言ったら、睨まれるに決まっている。

さらに本庄は言った。

「開発部長は、もっと頭の切れる男だと思っていたがな……」

初回の会議と同じような質疑の応答が続く。本格的な議題に入っても、前回を上回るようなアイディアは出てこなかった。

「株価が下がったのは、開発失敗が洩れたからなのか?」

誰かが言った。全員が、ぎょっと発言者のほうを見た。

その人物に見覚えがあった。マルコウに十倍の納品をしたとき、トラックに乗っていた販売部員だ。

「あの人は何というんです?」

啓太はそっと本庄に尋ねた。

「朝倉だ。おまえ、あいつに怒鳴られたんだよな」

朝倉は、さらに続けた。

「そして、株価が下がったことで、スリーマークにＴＯＢの恰好のチャンスを与えたんだな？」

馬場部長が慌てた様子で言った。

「今はそういうことを話し合う時ではないと思います」

朝倉は譲らなかった。

「いや、だからこそこの会議が招集されたんでしょう？　そういうこと、ちゃんと説明してもらいたいじゃないですか」

馬場部長が困った顔をしていると、園山常務が穏やかな口調で言った。

「ごもっともです。私から状況を説明しましょう。たしかに、スリーマークによるわが社の株のＴＯＢは衝撃的な出来事でした。しかし、それは予想の範囲内のできごとでもあったのです。役員会では対抗措置を取ることをすでに決定し、すみやかにそれを実行する段取りになっています」

朝倉は相手が常務とあって、おおいにトーンダウンしたが、それでも質問を続けた。

「おうかがいします。対抗措置というのは具体的にはどういうことですか？」

園山常務はあくまでも穏やかにこたえた。

「ＴＯＢに対する、一般的な、しかしながらかなり有効な措置とだけ言っておきます。現時点ではこれ以上申し上げられません」

それは本庄が言っていた、株主に対する配当のアップと自社株の買い付けなどのことだろうと、啓太は思った。

さすがに朝倉はそれで黙るかと思った。だが、さらに彼は会議室を見回して言った。

「開発失敗の情報はどこから洩れたんだ？　おおかた、マスコミと付き合いのある部署あたりじゃないのか？」

「おいおい……」

宣伝部の四方が苦笑した。「俺たちのことを言ってるのか？　冗談じゃないよ。俺だってこの前の会議で初めて知ったんだ」

「この前の会議って、いつだ？」

「先週の金曜日だよ」

「株価が急落したのは、月曜日のことだよ。タイミング的にはばっちりじゃないか」

つまり金曜日に情報を流せば、それが反映するのは週明けの月曜日ということだ。

四方は顔をしかめた。

「いいかげんにしてくれよ」

「そういうことはいいんじゃないの？」

別の誰かが言った。

「いや」

また別の発言者だ。「つまり、前の会議の出席者に情報を洩らしたやつがいる恐れがあるということでしょう。だったら、この会議の内容も漏洩する恐れがある。それをきっちり究明しておかないと……」

「前の会議に出ていたのは誰と誰なの？　その人の身辺調査とかするべきじゃないの？」

これも別の誰かだ。

その後、会議を進めろ、いや情報を洩らした可能性のある人物を会議から排除するのが先だと、話し合いは紛糾した。

それを黙って聞いていた園山常務が片手をわずかに上げた。それだけで、参加者は口をつぐんだ。

「この会議の参加者から情報が洩れたとは限りません。私と馬場部長は信頼できるメンバーをここに集めたつもりです。今、皆さんは会社の危機に直面して疑心暗鬼になられているようだ。ここは互いに信じ合って、どうか会議を進めてもらいたいのですが……」

穏やかな語り口がかえって威圧感を持っていた。

会議室は静まりかえった。

園山常務は満足げにうなずくと、馬場部長に目配せした。馬場部長はあわてて言った。

「では、本来の議題に入りたいと思います。自由にアイディアを出し合ってください」

そう言われても、なかなか思いつくものではない。それは前回の会議で経験済みだ。

四方が言った。

「こういう場合は、ブレーンストーミングのスタイルを取ったほうがいい」

誰かが尋ねた
「どうやるの？」

「まとまったアイディアを発表しようとするんじゃなく、関連したことを自由に発言するんだ。どんなことでもいい。ルールはどんな発言に対しても批判しないこと」

「連想ゲームみたいなもん？」

「まあ、それに近いかも……」

「いいじゃない。やってみよう」

結果は惨憺《さんたん》たるものだった。話はどんどん横道にそれていくし、まったく焦点が定まらない。

「だから人数を増やしちゃだめなんだ……」

本庄がうめくようにつぶやいた。

ブレーンストーミングが一段落すると、宣伝部の新メンバーが言った。

「開発一課でやって失敗したんでしょう？　二課でなんとかできないの？」

開発一課の隅田が顔色を変えた。

「冗談じゃありません。そんなこと、できるわけないでしょう。貴重なデータを渡すわけにはいきません」

「だって、実際に二課の人も出席してるじゃない」

「私は反対したんです」

「もう全社的な問題でしょう。縄張り意識持ってる場合じゃない」

二課の人が発言した。

「開発というのは、きわめて複雑な工程を複合的にしかもあるはっきりした方向性を持って進めなければなりません。単にデータを共有すればいいというものではないのです。今回の開発のリーダーは野毛さんでした。野毛さん以上にこの物質の性質を理解している人はいないし、私たちに野毛さん以上のことができるとは思えません」

この人は、どうやら野毛に一目置いているようだ。見た目は、この二課の人のほうがずっと優秀そうに見える。啓太は意外な感じがしていた。

あまり実りのない会話で時間が過ぎていく。終業時間はとうに過ぎ、休憩を取ることになった。その間に開発部が用意した弁当が配られた。

弁当を食べながら会議を再開することになった。

「視点を変えてみたらどうだろう」

総務部からの参加者が言った。「こういうものがほしい、こういうものがあったら便利だというような、ユーザーや販売店なんかの意見があったら参考になるんじゃないか？　営業さん、そういう話、何かないの？」

「ないですね」

本庄は箸を動かしながらあっさりと言った。「スナマチの営業用カタログ、見たことありますか？　商品の種類がおそろしく多い。でんぷんを使った昔ながらの糊や水糊だけでも二十種類以上ある。それに、合成ゴム系、溶剤系、合成樹脂系を合わせると、軽く二百を超えるんです。それに加えて、固形糊を塗布《とふ》したメモ用紙や粘着テープの類まである。私らは、それをまんべんなく販売店や卸《おろし》にまかなければならない。それだけじゃなく、販売促進にあの手この手を考えなければならないんです」

「いや、忙しいというのは、よくわかっている。だが、販売の現場と一番頻繁に顔を合わせるのは、やはり営業さんだろう。日常的な会話の中にヒントがあったりしないのかね？」

「現場の人が言うことはひとつ。売れる物を持ってこい。これだけです。販売の現場と顔を合わせるといえば、販売部だってそうじゃないですか」

本庄の発言を聞いて、朝倉が言った。

「私ら、注文が来たら数をそろえて納品するだけですからね。販売店の担当者よりも伝票のほうを気にしてますから……。もっとも、注文の十倍の納品をさせられたり、楽じゃないですけどね……」

会議室に笑いが広がった。すでにあのことは社内に知れ渡っているようだ。

啓太は小さくなっていた。そういえば、マルコウの商品の動きも気になる。日曜日に与えられた猶予は一週間だ。それで、結果が出なければ、本当に出入り禁止になるかもしれない。

朝倉の当てこすりに、本庄は凄味のある笑みを浮かべただけだった。朝倉のほうが眼を伏せた。

「くっつかない接着剤じゃあなあ……」

販売部の加賀が溜め息混じりで言った。「利用のしようがないよなあ……」

「接着剤だと思うからいけない」

新メンバーの誰かが言った。「そもそも、何かほかの用途に転用しようということを話し合っているんだからさ……」

「俺たちを集めたってだめなんじゃないの?」

宣伝部の新メンバーが言う。この人も、四方同様に、メーカーというよりマスコミかデザイナーなどのクリエーター的な臭いがする。

「やっぱり、開発部にがんばってもらうしかないよ」

そういえば、野毛は会議の冒頭のあたりで技術的な説明をしただけで、あとはずっと黙っている。

「何か有効なアイディアがあれば、それをもとに実現化する責任は持ちます」

馬場部長が言った。「しかし、いかんせん、開発部だけでは、すでにお手上げ状態でして……」

「いや、お手上げなわけではありません」

開発一課の隅田課長がまたしても興奮した面持ちで言った。「時間さえあれば、失敗の原因をつきとめ、必ず理想的な接着剤を開発してみせます」

総務部の人が言った。

「その時間というのは、どのくらいなの？」

野毛がこたえた。

「最短で、一年ほどでしょう。原因が何であるか、すぐに明らかになるとは限りません。また、こういう場合、複合的な原因が考えられます。いくつかの要素が絡まり合って不具合を起こしているという場合です。そうなると、原因究明にはさらに時間がかかるでしょうね」

「その場合、開発のやり直しにはどれくらいかかるの？」

「見当もつきません」

総務部のメンバーは唖然とした。

「そりゃ、無責任な言い方だ……」

「いえ、これが一番正確なこたえです。運が良ければすぐに関連が推測できて、複合的なポリマー化阻止の原因が究明できるでしょう。しかし、そうとは限らないのです。これは、予想がつかないのです。もし、ここで、一年ですべてを解決してみせる、などと言ったら、それは嘘になり、ずっと無責任な発言ということになります」

「失敗したものなんて、さっさと破棄して、新たな開発に着手したほうがいいんじゃないの？」

四方が言った。

野毛がびっくりした顔でこたえた。

「開発にはかなりの予算を費やしたのです。このまま破棄となると、会社は大きな損害をこうむることになります」

「だからって、使えないものの使い道を考えたってしょうがない」

「この液体は、なかなか興味深いのですがね……。元になったのがシアノアクリレートですから、放っておいたって水分なんかと反応してすぐにポリマー化しちゃうんです。置換基にいろいろなものをくっつけたとしても、接着力の差こそあれ、ポリマー化は起きるんです。どういうメカニズムでポリマー化が阻止されているのかわからないのですが、逆に言うと、これはなかなかできないことなんです」

「きわめて珍しい物質ということ?」

「物質自体は珍しくありませんよ。シアノ基とカルボニル基と置換基を持った一般的なものです。ただ、その中で起きていることが特殊なんです」

四方はお手上げだとばかりに眼を天井に向けた。啓太も同じ気持ちだった。技術的な説明は何度聞いてもよくわからない。

ただ、野毛が『S』について、単なる失敗作ではなく、特別な興味を持っていることがなんとなくわかった。

「えーと」

本庄が言った。「よくわかんないんだけど、つまり、本来ならば簡単に固まっちまうものが、どうやっても固まらなくなったってことだよね」

野毛はうなずいた。

「そういうことです」

「それって、特別なことなの?」

本庄は、開発二課の参加者に尋ねた。

「はい。どうしてこうなったか、普段シアノアクリレートを扱いなれている私たちにも謎です。きわめて特別な現象といっていいでしょう」

「何をしても固まらないってことだな?」

　野毛はうなずいた。

「もともとケイ素を使用したのは、耐熱性をもたせるためでした。従って、この液体は熱にも強い。つまり熱を加えても性質が変化しないということです。どういうことかというと……」

「熱を加えても硬化しない……」

「そういうことです」

「何をしても硬化しないということは、逆に何か利用法がありそうだけどな……」

「どんな環境でも硬化することのないことが求められるものって……」

　宣伝部の新メンバーが言った。「宇宙開発とか……?」

「宇宙開発に参加できる企業の条件って、ものすごく厳しいんだろう?」

　総務部の男が言った。

「そんなことはなかったと思う。JAXAは広く研究の参加を大学や企業に呼びかけているという話を聞いたことがある」

　四方が言う。

「JAXAって何だ?」

　誰かが訊いた。

「宇宙航空研究開発機構」

そう答えた四方に宣伝部の新メンバーが言った。

「だけど、そんな物質が宇宙開発でどういう役に立つの？」

「わかんないよ」

宣伝部同士の話になった。「だけど、宇宙開発しているところで訊けばわかるんじゃない？」

「どうやって訊くんだよ。こんなもの作っちゃったんですけど、おたくで何かの役に立ちませんかってか？」

「いいんじゃない？」

「だめですよ、そんなの……」

総務部の男が言う。「こっちが開発に失敗したの、もろばれじゃないですか」

四方が皮肉な笑いを浮かべた。

「もうばれてんだろう。だから、株価が下がったんだ」

ここで釘を刺すように、園山常務が言った。

「株価下落の原因はまだ明らかになっていません。だから、どうせ情報はもう洩れているのだからというようなことは考えないでください。あくまでも機密保持という前提で考えていただきたい」

「だとしたら、宇宙開発の線も望み薄か……？」

「そんなことはない」

めずらしく本庄の発言が続いた。「新たな方向性が見つかったということだ。その線で開発部の人たちに研究してもらえば何か方策が見つかるかもしれない」

「そんな悠長なことしてていいのか？」

販売部の朝倉が言った。「ＪＡＸＡにこれ持っていったって、すぐにそれを採用しようって話にはならないわけでしょう？　第一、使えるかどうかもわからないんだ」

「問題は時間か……」

本庄が考え込んだ。

誰かが言った。

「手もとに何もないんじゃ、アイディアもわかない。パソコンを用意してもらえませんか？　ネットサーフィンでもやれば何か見つかるかもしれない」

そうだよ。啓太は思った。何で最初の会議のときに誰もそれを言いださなかったのだろう。

馬場開発部長が、隅田課長と何事か話し合った。やがて、馬場部長が言った。

「当初、セキュリティーの問題から、ネットに接続したパソコンは会議室には持ち込まない方針でしたが、それはあまり意味がなさそうですね」

「そうですよ」

四方が言った。「その気になりゃ、携帯からだってネットに書き込みできるんだ。そんなに神経質になったって、意味ないですよ」

「わかりました。明日の朝までに、何台かノートパソコンを用意しましょう」

園山常務が時計を見た。すでに、九時を過ぎていた。

「今日はこれくらいにして、明日の朝からまた続けることにしましょう」

「え……、御殿場に泊まりですか？」

誰かが言った。

馬場部長がこたえた。

「この『意見交換会』に当社の命運がかかっていると思ってください」

大切な会議だということはわかる。だが、今ひとつみんなの士気が上がらない。

啓太は、馬場部長の言葉にはあまり中身がないように感じていた。

11

会議に参加しているメンバーは、前回と同様に、工場の寮に宿泊することになった。啓太はやはり本庄といっしょの部屋だった。

「園山ジュニアはああ言ったけど、彼も株価下落の原因は、開発失敗が外部に洩れたことだと確信しているな……」

内容の割には、どうでもいいような口調だった。本庄は、テレビを見ている。BSの番組のようだ。

「そうなんですかね……」

啓太は何が確実で何が不確実なのかまったくわからなくなった。このままいけば、スリーマークに会社が乗っ取られ、そのとたんにリストラが始まるに違いない。戦力外の啓太はクビを切られるかもしれない。

日本のスリーマーク社は、たしかアメリカのスリーマーク本社の七十五パーセント子会社だ。経営のやり方はアメリカ方式だろう。社長とか専務なんて言い方をせずに、CEOとかCOOとか言っているのかもしれない。やり方がアメリカ方式となれば、完全に能力主義、実績主義、競争主義だろう。優秀で将来性のある人材は今よりいい待遇になるかもしれないが、実力のない者や時代についていけない高齢者は、簡単にリストラされるに違いない。

なんだか、暗澹《あんたん》とした気分になってきた。

本庄が言った。

「そりゃそうだろう。会議で誰かが言ってたけど、金曜日に最初の『意見交換会』があって、月曜日に株が急落した。誰だってそう思う」

何の話だっけ？

ああ、園山常務も株価下落の原因が御殿場の会議だと確信しているに違いないという話だったな……。

「そういえば、四方さんが怪しいって言ってましたね？」

「ああ、怪しいね。あいつは怪しいやつなんだよ」

「梅田専務派なんですか？　なのに、園山常務がこの会議のメンバーに選んだんですか？」

「そこなんだよ……」

寝転がっていた本庄が起き上がった。「俺は、あいつのことを梅田専務派だとばかり思っていた。だが、この会議に選ばれたってことはそうじゃなかったということになるな。梅田専務が、最初の会議の出席者を個別に呼び出したとき、そのことを知らせてくれたのは四方だった。梅田専務派なら、黙っていたはずだ」

「いや、それより、四方さんが梅田専務派なら、梅田専務が本庄さんや僕を呼びつける必要なんてなかったですよね」

本庄はまたしても、驚いた顔で啓太を見た。

「おまえ、やっぱりけっこう賢いんだな。たしかにおまえの言うとおりだ。梅田専務は四方から話を聞けたはずだから、俺たちを呼ぶ必要はない。つまり、四方は梅田専務派じゃなかったということになる」

「そういうことです」

「だとしたら、ますますわからなくなるな。最初の会議の出席者は、開発部長の馬場、一課の隅田課長と野毛。宣伝部の四方、販売部の加賀、そして俺とおまえ……。この七人プラス園山ジュニアの八人だ。この中で秘密を洩らすとしたら誰かということだ。まず、園山常務は除外していいだろう」

「そうですね」

「俺は四方が怪しいと思っていたが、どうやらそうではなかったようだ。残るは、販売部の加賀か、開発部の三人だが、あの三人が故意に情報を流すとは思えない。なにせ、自分たちのミスなのだからな……」

「加賀さんて、見るからに真面目そうですよね」

「ああいうタイプが意外に思い切ったことをやるのかもしれない」

「はあ……」

啓太は、もう一つの可能性を考えていた。本庄が情報を洩らしたという可能性だ。最初の会議があった日の夜、たしかに本庄は一人になる時間があった。啓太が風呂に入っていた間、本庄が携帯電話で誰かと話すことも、メールを送ることも可能だった。真奈美にそれを指摘されたときには、反発を感じた。本庄がスパイのはずはなく、スパイはむしろ真奈美のほうかもしれないと思っていたのだ。

だが、スリーマークによるTOBが発表されてみると、彼女は急に何かに対して怒りはじめた。

彼女は、TOBを望んでいなかったのではないだろうか。では、彼女は何を知ろうとしていたのだろう。考えられることはそれほど多くはない。その一つは、彼女が言うとおり、本庄がスパイであり、彼女はその証拠をつかみたいと望んでいたのかもしれない。

何のために？

それは明らかだ。梅田専務のためだ。

だとしたら、梅田専務もＴＯＢを望んでなどいなかったことになる。理屈ではそうだ。いや、この理屈はどこかに誤りがあると啓太は思った。あるいは、見落としているか、まったく知らないことが……。

本庄がスパイだという前提が間違っていれば、すべてが逆になる。その可能性だってまだあるのだ。

真奈美が梅田専務の愛人であるというのは、単なる啓太の思い込みかもしれない。実は、思い込みであってほしいと願っているのだが……。

考えれば考えるほどわからなくなる。……というか、考えるにはわからないことが多すぎる。

啓太は、考えるのをやめた。どうせ、何も確かなことはないのだ。

「俺は風呂に行ってくる」

本庄は立ち上がった。

「いってらっしゃい」

二人別々に行動すると、また本庄を一人にすることになる。だが、今日の会議はまったく進展がなかった。もし本庄が外部の誰かに連絡を取るにしても、めぼしい情報などないはずだ。

本庄がタオル片手に出て行った。

いや、やはり本庄がスパイであるはずがない。僕は何を考えているんだ。

会社にいる限り、本庄を信頼するしかないのだ。一度そう決めたからには、万が一本庄がスパイだったとしても、信頼しつづけるしかない。

啓太はそう思うことに決めた。

翌日、会議室にはノートパソコンが五台運び込まれた。開発部や工場から都合してきたのだ。パソコンはLANに接続されている。

一人につき一台というわけにはいかなかったが、ないよりはずっとましだ。

昨日と同じく、馬場部長の司会で会議が始まった。早くも、ネットにつないでいる人もいた。

今朝も園山常務が会議に出席していた。まさか、工場の寮に泊まるはずはないから、どこかホテルを取ったのだろう。この緊急時に、園山常務が御殿場工場のほうに詰めているということが、この会議の重要性を物語っているのかもしれない。

接着能力のない接着剤。このジレンマについて、もう何度考えたことだろう。だが、啓太は何も思いつかない。

会議の内容は、たしかに昨日よりは前進したような気がする。野毛が中心になって作り出した液体を、接着剤としてではなく、ポリマー化しないシアノアクリレートと考えるようになっていた。接着剤というしがらみからようやく離れつつあった。

だが、その先が難しい。

午前中いっぱいかけて話し合いを続けたが、これは、というアイディアは出なかった。昼も弁当だった。会議室に閉じこめられていると、無性に外の空気が吸いたくなる。前回は昼食は工場の食堂で食べた。今回のほうが警戒が厳重になっているように思える。人数が増えて、その分機密漏洩の危険が増えたと、園山常務や馬場部長が判断したのかもしれない。

とにかく、トイレ以外は会議室にこもっているのだ。ストレスも溜まる。

喫煙者たちは煙草を吸わせろと言いだし、煙草を吸わない者は、室内で吸うなと言い、しばし険悪な雰囲気になった。

結局、喫煙者と非喫煙者の席を分けることにした。

「昔は、会議といえば、向こう側が見えないくらい煙草の煙が充満したもんだがな……。最近はヘビースモーカーも喫煙者も減った」

本庄が言った。当の本人も煙草は吸わない。啓太も吸わないので、禁煙席に並んで座っていた。

午後になり、食後の倦怠感もあり、会議は完全に膠着状態になった。膠着というのは、もともとニカワでくっつけることだ。ニカワでくっつけたように物事が動かなくなることだということは知っていたが、啓太は本物のニカワを見たことがなかった。

動物の骨や皮や腸をぐつぐつと煮て、ゼラチン質を取り出したものだという知識はあった。糊のメーカーの入社試験を受けるのだから、それくらいは勉強していた。

おそらく、ひどい臭いがするだろうと想像した。

膠着という言葉の由来など考えている場合ではない。だが、どうしても会議に集中できなかった。

考えても、思いつきそうにない。

パソコンは、部署ごとに配布される形になっていた。四方をはじめ、それぞれの部署の誰かがしきりにパソコンをいじっている。ネットでさまざまな検索を繰り返しているのだろう。

営業部にも一台割り当てられていた。本庄はパソコンに触ろうとしなかったので、啓太が手を伸ばした。

インターネットに接続して、まずはグーグルで「シアノアクリレート」を検索してみた。接着剤メーカーによる難しそうな解説が並んでいた。

適当に開いてみたが、分子式やらグラフやらが出てきて、あまり興味を引かれなかった。だいたい、いまさら接着剤のことを勉強しても始まらない。

啓太たちは、そんな知識を求められているわけではない。接着剤のことなら、開発部の連中が知り尽くしているわけだ。啓太たちは、開発部にはない発想を求められているのだ。

　啓太は、今度は「固まらない」という単語を検索してみた。固まらない寒天の作り方や、パイナップルなどの果汁でゼリーが固まらなくなるという話題があった。その他、固まらない猫砂とか、パソコンが固まらないようにする工夫などを書いたページもある。

　どれも参考になりそうになかった。啓太は、スリーマークのサイトに接続してみた。金がかかったデザインであることが一目でわかる。今や、ホームページも企業イメージの一環だ。

　トピックスの欄に、「スナマチ株の公開買い付けを発表」の文字があった。

　商品紹介のページはさすがに充実していた。スリーマークは、接着剤や粘着テープだけのメーカーではない。今や、多方面で合成樹脂や合成素材を提供している。

　電子部品や自動車の部品も作っているし、フッ素樹脂をコーティングした鍋や釜などの台所用品まで作っている。

　資本金がスナマチの四百倍。規模がちがえば、事業のスケールも違う。海外のいたるところに支店、あるいは日本のような現地法人を置いているのだろう。

　工場も、スナマチのように日本に作るのではなく、途上国などの安い労働力を使っている。

どうしてスナマチは他の会社のように中国や東南アジアに工場を作らないのだろう。啓太はそれを不思議に思ったことがある。

会議は停滞したままどんどん時間だけが過ぎていった。

「私は、三時五十五分のロマンスカーで本社に戻らなければなりません。この辺で失礼しますが、今日中にでもよいニュースが聞けることを期待しています」

園山常務はそう言うと会議室を出て行った。前回と同様に、全員が立ち上がり、馬場部長が付き添って部屋を出た。

偉い人がいなくなったので、会議室内がちょっとくだけた雰囲気になったのも、前回と同様だった。

「営業の若いの、何か思いつかないか？」

販売の朝倉が言った。「大学出たばっかりだから、頭、柔らかいだろう」

マルコウの件があるので、まともに眼を見られなかった。

「すいません。何も思いつきません」

本庄が補足した。

「……というか、思いつくことは、先週の金曜日に全部言っちまったんだ」

「発想ってのはそういうもんじゃないだろう。出尽くしたってことはないはずだ。新たにわいてくるもんじゃないのか？」

「じゃあ、あんたも何かアイディアを出しなよ」

朝倉はふてくされたように言った。

「必死で考えてるんだよ。だけどな、俺は販売だよ。何年も在庫と伝票を睨んで生きてきたんだ。何か思いつけと言われてもなあ……」

その気持ちは痛いほどよくわかった。

要求が漠然とし過ぎているのだ。

「そうそう。こないだの話だけど……」

四方が開発部の連中を見て言った。「誰かが開発を妨害したという可能性、あれ、どうなの？」

隅田課長がこたえた。

「先日言ったとおりですよ。その可能性はないとは言えない」

「でも、今回の開発というのは極秘で進められていたわけでしょう？」

「開発というのは、たいてい極秘です」

「なら、データを改ざんしたり、何かを混入したりといったことができたのは、内部の、しかもごく限られた人間ということになるよね」

隅田課長は野毛を見た。野毛は四方に向かってうなずいた。

「そう。ごく限られてきますね」

「なら、その人物を特定して白状させるなり何なりの手を打ったほうがいいんじゃないの？」

「そういうことは、部長に任せてありますから……」

啓太はちょっと驚いた。開発の妨害者というのは、あくまで架空の話かと思っていた。だが、野毛の口ぶりからすると、開発部長の馬場は具体的に妨害者に対する対策を講じているようだ。

四方も同様に思ったに違いない。意外そうな口調で野毛に尋ねた。

「へえ、部長が犯人の割り出しをやるわけ？」

「少なくとも、私には無理ですから……」

「無理？　だって、あんたが開発の責任者なんでしょう？」

「責任者じゃありません。責任者はあくまで部長です。私は研究をリードしたに過ぎません」

野毛の口調は相変わらず他人事のように淡々としていた。

「いや、開発失敗の責任を問うているわけじゃないんだ」

四方が言った。「あんたは現場のことを一番よく知っているだろう。だから、誰が犯人なのか見当がつくんじゃないかと思ってね」

「妨害者がいたというのは、可能性の一つに過ぎません。私は仮定の話はしたくありません」

そこに開発部長の馬場が戻ってきた。彼は一同を見回して言った。

「さて、私が中座している間に何か画期的なアイディアが出たりはしなかったでしょうか？」

それはおそらくジョークだったのだろうが、馬場はジョークとは縁遠いタイプの男に思えた。誰も笑わなかった。

馬場部長はちょっと傷ついたような様子で、会議を再開した。

その日も午後九時過ぎまで会議を続けた。昨日よりましなのは、インターネットで気晴らしができる点だった。しかし、朝から夜まで会議というのはおそろしくストレスが溜まる。

会議の後半、本庄は啓太からパソコンを奪い、こっそりアダルトページなどを巡回していた。

また工場の寮に宿泊だ。いつまで、この会議が続くのだろう。御殿場の山の中に閉じこめられている間にスリーマークに会社を乗っ取られてしまう、なんてことはないだろうか。

園山常務は、「対抗措置を取る」と言っていたが、それがどの程度の効果を発揮するものだろう。スリーマークの敵対的ＴＯＢを阻止するだけの効力があるのだろうか。

ちょっと心配だった。

昨日と同じく、本庄は蒲団の上に寝転がってテレビを眺めている。

今ごろ四方はぶうぶう言っているのではないだろうか。啓太だって退屈だった。いっこうに出口が見えない会議を続けているより、営業回りをしているほうがずっといい。

明日も早い。啓太は風呂に入って早めに眠ることにした。

12

翌日は、前日のコピーのようだった。話は堂々めぐりし、いっこうに進展しない。違いは、園山常務が臨席していないことだけだ。

昼が過ぎ、終業時間が迫る。さすがに、馬場部長に焦りの色が見られた。

えーと、御殿場にやってきたのは何曜日だったたっけ……？

啓太は曜日の感覚もなくなりかけていた。

めずらしく晴れた一日だった。御殿場ではあまり晴れた日の印象がない。会議室に西日が差し込み、眠気を誘う。

「職場に帰してくれ」

四方が悲鳴を上げた。「もう山の中にいるのはたくさんだ」

馬場部長は不思議そうに四方を見た。

「私たちはここで暮らしているんですよ」

「あなたたちは、自宅に帰って家族にも会えるじゃないですか。街に出て飲みにも行ける。だが、俺たちは、寮とこの会議室に閉じこめられているんです。もう勘弁してほしいですよ」

「ならば、早くアイディアを出すことです」

「こんなことを何日続けていても、アイディアなど出っこない。それは、先週の会議のときにも話し合ったじゃないですか。その結果、外と接触を持ったほうがアイディアが出るに違いないということになったんです」

「スリーマークがTOBを発表して、事情が変わったんです。私たちに猶予はなくなりました」

四方はうなずいた。

「わかっています。わかってるんですが、アイディアが出なければ元も子もないわけでしょう？」

「ですから、皆さんの要求でパソコンも用意しました。これ以上の要求には応えかねますね。みなさんには、とにかく結果を出していただけるよう、お願いしたい」

「そうですね」

総務部の男が言った。「それが、選ばれた私たちの役割ですね」

「いっそのこと、開発の結果を社内に公表して、全社からアイディアを求めたらどうです？」

　販売部の加賀が言った。

　馬場部長はあわててかぶりを振った。

「それはできません。あくまでも、このことは極秘に進めねばなりません」

「だって、もう株価は下がっているんだし、今さら開発失敗が世間に知れ渡ったところで、それほど影響はないでしょう」

「影響はないですって？　冗談じゃない。社会的な信用が下がる。すると、営業さんだって困るんじゃないですか？　社会的な信用が下がると株価がさらに下がる。ますますスリーマークの思うつぼです」

　馬場部長は、開発部の失敗を公表したくないのだろうと、啓太は思った。うまくこの秘密会議でアイディアが出て、くっつかない接着剤が何かに転用できれば、開発部の失敗はチャラになる。

「俺も四方と同意見だな」

　広告部の新メンバーが言った。「ここにいても煮詰まるだけだ」

「前回、それぞれの職場に戻ったほうがいいと提案したのは、俺たち営業だ」

　本庄が言った。「その意見は今も変わらない」

「じゃあ、会議の場所を東京に移せば？」

誰かが言った。

会議の参加者は、本社の人間が圧倒的に多い。にもかかわらず会場を御殿場工場に設定したのは、やはり機密漏洩の危険を考えてのことだろう。

本社は、人の出入りが激しい。

馬場部長は、苦慮していた。それから、隣の隅田課長とひそひそと何かを話し合った。会議の参加者はその様子を黙って見つめていた。

やがて、馬場部長は言った。

「いや、やはり本社は危険です。工場のほうがいい……」

四方が言った。

「今はそんな時代じゃありませんよ。十年前とは違うんです。どこであろうとネットでつながっているんですよ。条件はそんなに変わりません」

「問題はネットでつながっているかどうかではなく、人間なんです。本社はどんな人が出入りしているかわからないし、社員の中にはいろいろな考え方の人がいる……」

遠回しな言い方だが、馬場部長は、スリーマークに身売りしたほうがいいと考えている社員もいることを示唆している。

「それだって、ここそれほど変わらんでしょう」

朝倉が言った。「工場や開発部にだって、スリーマークの子会社になったほうがいいと考えている人がいるかもしれない」

「そんなはずないじゃないですか」

隅田課長が興奮した面持ちで言った。「いいですか？　スリーマークの子会社になったら、真っ先に処分される施設は工場ですよ。おそらく、コストがかかる国内の工場は閉鎖され、海外に工場を作るか、現在あるスリーマークの工場のラインにスナマチの商品を乗せることになるでしょう。つまり、工場の人々は全員クビがかかっているんです。スリーマークの子会社になることを望む人が工場にいるはずがない」

四方は引かなかった。

「開発部はどうですか？　おそらくスリーマークの研究開発費はスナマチの比ではないでしょう。野心がある人は、スリーマークの充実した研究設備に魅力を感じるかもしれない」

「冗談じゃありません。これまで蓄積した企業秘密をすべて吸い上げられてしまうのですよ。わが社の技術は丸裸にされてしまう。そんなことを望む開発部の社員はおりません」

隅田課長はきっぱりと言った。

「わかりましたよ。そんなに興奮しないでください。ただ、俺が言いたいのは、ですね、それほど条件が違わないのだったら、本社で会議をやったほうが、進展があるんじゃないかということです」

馬場部長が四方に尋ねた。

「その根拠は？」

「刺激があるからです。街の刺激です」

「ふん……」

本庄は小声で啓太に言った。「四方のやつは、よほど夜の街が恋しいらしいな。キャバクラ嬢と同伴の約束でもしてるのかな……」

馬場部長は困り果てた顔で言った。

「しかし、本社で秘密会議なんてやると、目立ちませんか？　私たちはできるだけ社内にも知られないように活動したいのです」

「それ、逆ですよ」

本庄が発言した。「この前も言いましたけどね、これだけの人数が工場に集まったりしたほうが、社内的に目立つんです。このメンバーなら、商品の販促会議とほとんど変わらない。本社内で会議やったほうがずっと目立たない。木を隠すなら森の中って言うじゃないですか」

「そうだよ」

四方が言った。「こそこそ工場に集まったりしなかったら、きっと梅田専務だって俺たちを呼びつけたりしなかっただろう」

馬場部長が電線にでも触れたかのように、はっと四方のほうを見た。

「梅田専務に呼ばれたのですか？」

「あれ、ご存じありませんでした？　誰も言ってなかったっけ？」

「初耳です。梅田専務に呼ばれたのはどなたとどなたです？」

四方、本庄、啓太の三人が手を上げた。梅田専務も、さすがに品川の物流センターから加賀を呼びつけることはしなかったようだ。

「ご心配なく」

四方は馬場部長に言った。「俺たちは何もしゃべりませんでしたよ。なにせ、ほら、危機感を共有してますから……」

馬場部長は、本庄と啓太を見た。

「私もしゃべってはいません」

本庄が言った。啓太の番だった。

「えーと、僕も……私もうまくごまかせたと思います。危ないところだったのですが、園山常務が部屋に入ってきてくれて……」

「園山常務が……」

馬場部長はさらに驚いた顔になった。「じゃあ、園山常務はそのことをご存じだったのですね」

啓太は余計なことを言ってしまっただろうかと思いながらうなずいた。

「ええ。ご存じのはずです」

妙だなと感じた。

園山常務は馬場部長とともにこの会議を仕切っている。梅田専務の動きは園山常務から馬場部長に伝わっていて当然なのだ。

どうして、園山常務は馬場部長に何も言わなかったのだろう。単にその必要がないと思ったのだろうか。たしかに、役員同士のやり取りをいちいち部下に知らせる必要などないかもしれない。

だが、馬場部長は面白くないはずだ。しきりに何かを考えている様子だ。

「だから、えーと……」

四方は、馬場部長をちょっと気づかうような言い方をした。「俺が言いたいのはですね、本社で会議を開いたほうが、誰も変に思わないということです。営業さんが言ったとおり、この面子《メンツ》なら、ただの販促会議ということにしても不自然じゃない」

「もう一つ提案があるのですが……」

本庄が言うと、馬場部長が不安げな眼を向けた。

「何です？」

「先週の会議で思わしい結果が出なかったので、会議を拡大したというのは理解できます。ですが、それも逆効果の気がします。最初の会議のときのメンバーに戻したほうがいいのではないかと思います。小規模の会議のほうが人目を引きませんし……」

この言葉に対する会議参加者の反応はまちまちだった。お役ご免になるかもしれないという期待感と、役立たずだと遠回しに言われたと感じたらしい反感が入り混じった。

馬場部長は考え込んだ。それから、隅田課長と二言三言、言葉のやり取りがあった。

「ちょっと時間をください」

そう言うと馬場部長は席を外した。園山常務に相談するのだろう。携帯電話にかけるに違いない。

会議室の中はざわざわしていた。皆それぞれの考えを隣の人と話し合っている。

たっぷり五分以上待たされた。馬場部長は戻ってくると言った。

「わかりました。明日からは、本社で会議を継続することにします。そして、本社における会議には、最初に集まったメンバーだけに参加していただきます。が、今日はこのまま昨日同様にここで会議を続けます」

四方はちょっとだけほっとした顔になった。本社に戻れるのがうれしいのだろう。

その夜も御殿場の寮に泊まり、朝一番のロマンスカーで東京に向かった。御殿場発八時二十六分の『あさぎり2号』だ。新宿には十時ちょうどに着く。

総務部の男が携帯で、本社に連絡を取り、会議室を一つ押さえた。戻り次第、すぐに会議を開ける。

総務部の彼は、開発部の三人の宿泊場所も押さえなければならなかった。会社のそばのビジネスホテルを予約したようだ。地方からの出張者がいると、いつも利用するホテルだ。

啓太も研修に出発する前日、そこに宿泊した。

会社に到着すると、本庄と啓太はまず営業部の自分の席に戻った。

「お帰りなさい」

真奈美が二人に言った。相変わらず、ふくれているように感じる。

社内は比較的落ち着いている。みんな日常の業務を淡々とこなしている。だが、やはり空気は重苦しい。

本庄は留守中に来た電話のメモを見ている。机の上にセロハンテープでぺたぺたと張り付けてある。それをはがして重ね、次々と電話をかけはじめた。

電話のプッシュボタンを押しながら、本庄が言った。

「会議が始まる。おまえ、先に行ってろ」

「はい」

　啓太は、総務部が用意した会議室に向かった。会議室は二階にある。エレベーターを降りると、作業服姿の老人がホールにある窓のアルミの枠を磨いていた。

　清掃員だろうと思った。背の低い老人で、窓枠の上のほうにうまく手が届かないで苦労している様子だ。

　もうじき会議が始まる。啓太は会議室に向かいかけて、作業服の老人のほうを振り向いた。作業服と同じ色のキャップをかぶっている。

　田舎の祖父を思い出した。啓太が小学生のときに他界したが、幼い頃には祖父にくっついて虫捕りなどをしたものだ。

　啓太は、掃除員に近づいた。

「届かないのでしょう？」

　作業服姿の老人は振り向いた。

「ああ。もうちょっとなんだがね……。脚立《きゃたつ》を持ってくるほどじゃないし」

「それ、貸してください」

　啓太は老人からたわしを受け取った。背広姿のままたわしで、窓枠の上のほうをごしごしと擦った。アルミの枠にはよごれがこびりついていた。

　普段の清掃ではここまではやらないのだろう。やがて、アルミ本来の光沢が現れた。

「やっぱり、自分が働いているところはきれいにしておかないとね……」

老人が言った。啓太はたわしを返した。どこかで見たことがあると思った。

「おじさん、この会社の人？」

「ああ。そうだよ」

おそらく、定年後に嘱託か何かで働いているのだろうと思った。

「若いの、あんた、新入社員だね？」

「そうです。入社早々、なんだかたいへんなことになって……」

「公開買い付けのことかね？」

嘱託社員あたりでもやはりそういうことは気になるのだろう。

「ええ。どうなることやら……」

「心配せんでいい」

「え……？」

「バブルの頃にな、製造業が金融に手を出したり土地や株を買いあさったりした。それで一時期はしこたま金を溜め込み、さらに投資をした。バブルが弾けてみれば、土地や株の値段が暴落。すべては不良資産となり、巨額の負債だけが残った。だが、スナマチは、バブルの頃もひたすら糊や接着剤を作っていたんだ。おかげでバブルの恩恵もそれほど受けなかったが、バブル崩壊の影響もなかった。スナマチの経営は堅牢なんだよ」

「へえ、おじさん、そういう事情に詳しいんですね」

「そりゃあな。スナマチ一筋だったからな。だから、心配することはない」

しかし、マーケットの状況は刻々と変化する。いくら堅牢な経営だといっても、安泰でいられる世の中ではないような気がする。

経営の第一線にいるわけではなく、単なる嘱託の老人なのだから、そのあたりの厳しさはわからないだろうと思った。

「あ、会議が始まる。じゃあね……」

「おお、助かったよ。ありがとうよ」

「いいんですよ」

立ち去ろうとすると、老人は言った。

「若いの、糊は好きかい？」

啓太は立ち止まった。

「糊ですか……？　よくわかりません」

「ふうん」

「でも、好きになれそうな気がします」

老人は笑った。

「そりゃあいい」

啓太は笑みを返すと、会議室に急いだ。

本社の会議室といっても特別の施設や装置があるわけではない。席についてしまうと、御殿場の工場の会議室とほとんど変わらない雰囲気になってしまった。

本庄の提案どおり、初期の会議のメンバーだけが集められた。それ以外のメンバーの口から何か漏洩する危険もあるはずだが、それについては、馬場部長は何も言わなかった。おそらく、園山常務が判断を下したことなのだろう。

その常務は会議室には姿を見せなかった。さすがに本社内で常務が動くと眼につく。それを恐れたのかもしれないし、単に役員会のほうが忙しいのかもしれない。

そうでなければ困ると啓太は思った。

この時期に役員たちがぶらぶらしていられるはずがない。

「どういう状況なんだろうな……」

加賀が言った。「スリーマークはどの程度の株を手に入れたんだろう?」

「まだ、TOBに応じるという大口株主はいないようだ」

四方が言った。

馬場部長が訝しげに四方を見た。

「どこから情報を得たんですか?」

「ちょっとね」

「マスコミの方なんかとそういう話をなさったんじゃないでしょうね」

「俺だってばかじゃない。うちの部長から聞いたんだよ」

本庄が言った。

「今のところ、膠着状態ということだな。こちらの対抗措置が功を奏しているのかもしれない。だが、その防波堤がいつまでもつかはわからない」

「だから、急がねばならないのです」

馬場部長が言った。「このプロジェクトがそれだけ重要だということです」

「会議のときは、資料にうんざりするもんだが……」

四方が言う。「こうして手もとに何の資料もないとなると、これもまた困ったものだな……」

「これまでに出されたアイディアを整理してみませんか？」

販売の加賀が言う。「どうも、あまりに手探りな状態なんで、どうすればいいのかわからなくなりつつあるんですが……」

馬場部長はうなずいた。

「まず、潤滑剤に使えないかというアイディアが出ましたが、潤滑剤としてはシリコンのほうがずっと安価で使いやすいということがわかっています。また不凍液として使えないかというアイディアも出ましたが、同様の理由で見送られました。宇宙開発に何か利用できるのではないかという案も出されましたが、それについては、はっきりした根拠はありませんでした」

販売の加賀はうなずいた。

「そんなところでしたね……」

「開発が成功したら、いくつかのバリエーションを考えているといっていたね」

四方が尋ねた。「たしか銀か何かを混ぜて、電気が通る接着剤を作るとか……」

野毛はうなずいた。

「そうです。しかしそれ自体は別に画期的なことではなく、したがって純然たるバリエーションに過ぎません。銀粉を混入して通電性を持たせた接着剤はすでに実用化されています」

「それって、ハンダの代わりに使えるんだったよね」

「そうです。プリント基板とかにすでに使用されています」

啓太は、頭の中でまた警報が鳴るのを感じた。今の話に何かヒントがあるような気がする。だが、それが何であるかがわからない。

「熱に強いんだよね？」

四方の質問が続いた。野毛がうなずく。

「そうです」

「熱を加えても性質が変わらないと……」

「はい」

「だけど、断熱性はないと言ったよね」

「残念ながら断熱性はありません」

「絶縁性にも優れているわけではないと……」

「そうです。通電性があるというわけではありませんが、絶縁体として理想的とはいいがたいですね」

「固まった瞬着を溶かしたりはできないの？」

「できません。ポリマー化を解消する働きはないのです。ただ、ポリマー化しないだけの話で……」

四方はうーんとうなって腕を組んだ。

「それ、水を弾いたりしないの？　ケイ素ってシリコンのことだよね。水を弾くよね」

加賀が言った。「車のフロントガラスに塗って水ワイパーみたいな働きはしないの？」

「水は弾きません。たしかにケイ素成分を含んでいるので、その分水を弾きそうなもんですが、もともとシアノアクリレートなので、水との親和性が高いのです」

「だめかあ……」

加賀が言う。「俺たちトラックに乗るでしょう？　安い水ワイパーなんかがあると便利だと思ったんだけどねえ……」

「水との親和性が高いって？」

本庄が言った。「つまり水を引き付けるということだな？　ならば化粧品なんかに使えないのか？　新しい保湿成分とか何とか言って……」

「化粧品……」

野毛はびっくりした顔をした。「シアノアクリレートを顔に塗るというのですか？　私ならやりませんね。それに、吸湿性という意味でいうと、ただのエタノールのほうがずっと高いです」

「たしかに、決して固まらないという性質を考えれば、化粧品などへの利用は考えられるかもしれません」

隅田課長が前向きな態度で言った。「しかし、残念ながら、私たちは化粧品のノウハウを持っていません。厚生労働省などとのチャンネルもありませんし、化粧品はイメージ商品ですから、糊のメーカーが化粧品を作っても売れるかどうか……」

「化粧品そのものを開発しろとは言っていない。化粧品メーカーに技術の提供をするんだよ。さっき、野毛さんが、シアノアクリレートを顔に塗るのかと言ったけど、化粧品なんて、もっと危ないもの使ってるかもしれないよ。防腐剤とか……」

隅田課長が野毛を見た。野毛はうなずいた。

「面白い発想です。検討の余地はあるかもしれません。その方向でいくつかのアプリケーションが考えられるかもしれません。ただ、スナマチは化粧品会社との接点がまったくありませんから、まずそのチャンネルを見つけなければなりませんね」

「それくらいは、どうにでもなるだろう」

「やはり、時間がネックになりますね」

「だが、新しい方向性が一つ見つかった」

野毛はあまり気のない様子でうなずいた。

「その点は否定しません」

「けっこう」

馬場部長がわずかに身を乗り出した。「ようやく手ごたえを感じてきました」

化粧品か……。悪くないな。啓太は思った。

だが、啓太の記憶の奥底でしきりに警戒音を発しているのは、そちらの分野ではなさそうだった。

隅田課長と野毛は、何やら熱心に話を始めた。化粧品への応用の可能性について技術的な議論をしているのだろう。

その日の成果は、そこまでだった。十時を過ぎ、会議は明日に持ち越されることになった。

13

出張から戻ったその日に夜遅くまで会議だ。さすがに、啓太はくたくたに疲れていた。

「明日も朝から会議かと思うと、一杯やりに行く気もしないな」

本庄が言った。明日、会議であろうがなかろうが、本庄が飲みに誘ってくれたことなどない。もっとも、今夜は誘われないほうがありがたい。一刻も早く自宅に帰って眠りたい。

「じゃあな……」

本庄は手を振るとさっさと帰ってしまった。啓太が、本社ビルの正面玄関までやってくると、目の前のガラス戸の向こうに黒塗りのセダンが停まっているのに気づいた。国産の高級車だ。

役員の車だろう。エレベーターが開くときに聞こえるチャイムの音がして、啓太は振り向いた。エレベーターから降りて来たのは、梅田専務だった。

誰か他の人と熱心に話をしていて、啓太のほうは見なかった。なぜか、啓太は受付のデスクの陰に隠れてしまった。別に隠れる理由もないのだが、先日呼び出されてから梅田専務とは顔を合わせたくなかった。

専務は玄関を出ると、黒塗りの役員車に乗り込んだ。車が行ってしまってから玄関を出ようと思っていたのだが、役員車はなかなか出発しなかった。

誰かを待っているのだろうか……。

啓太もその場を動けなくなってしまった。

なんで、自分の会社の中でこんなふうにこそこそしてなきゃいけないんだよ……。

情けない思いで、様子をうかがおうとしたときに、またエレベーターのチャイムの音がした。

小走りの足音が聞こえる。啓太は、再び受付のデスクの脇に隠れなければならなかった。エレベーターを降りてきたのは真奈美だった。

なんで、真奈美がこんな時間まで会社に残っていたのだろう。

そこまで考えて、啓太は自分の愚かさにあきれてしまいそうになった。

今しがた、目の前を通っていったのは、梅田専務じゃないか。きっと、梅田専務と真奈美は何か打ち合わせをしていたのかもしれない。あるいは、打ち合わせ以上の何かを……。

社内で堂々とそういうことをするなんて、なんて大胆なんだろう。

真奈美が役員車に乗り込むのが見える。これからまたどこかへでかけて、いっしょの時間を過ごすのか……。デートに役員車を使っていいのか。啓太は腹が立った。

腹が立ち、ひどくやるせない気分だった。これまで真奈美と梅田専務が付き合っているというのは、想像に過ぎなかった。思い過ごしであってくれればいいという気持ちが、少なからずあった。

だが、決定的な現場を見てしまったという気がした。

打ちひしがれた気分でしばらく動けずにいた。

「あんた、何してるの？」

突然背後から声をかけられて、啓太はびっくりした。振り返ると、警備員が立っていた。制服姿の初老の警備員だ。警戒するように三メートルばかり離れた場所から啓太を見すえている。

「あ、ちょっと落とし物をして……」

「あんた、ここの社員？」

「そうですよ」

「見たことないね。どこの課？」

「営業です。新入社員なんです」

社員証を見せてようやく信用してもらえた。

「それで、何を落としたの……？」

「いや、たいしたものじゃないんです。もういいんです」

啓太はこれ以上余計なことを訊かれないうちに退散しようと、そそくさと玄関を出た。雨が落ちてきていた。傘など持っていない。濡れながら地下鉄の駅まで歩いた。雨は気分をさらに落ち込ませた。

梅田専務と真奈美はどこに行ったのだろう。これから何をするのだろう。

考えまいとしたが、ついそんなことを考えてしまう。

その夜は、疲れていたが、たまっていた洗濯物を片付けてから、ベッドにもぐりこんだ。目を閉じると、また真奈美と梅田専務のことが思い出されて、なかなか寝付けなかった。

うとうととしてはまた目が覚める。ようやく眠ったと思ったら、もう朝だった。ぼうっとしたまま、着替えて駅まで歩き、電車と地下鉄を乗り継いで会社に着く。まだ本社に配属になって一ヵ月も経っていないが、すでにその一連の行動は半ば習慣化されていた。

席に着くと、すでに真奈美は出勤していた。本庄はまだだ。常に始業時間ぎりぎりに出勤してくるのだ。

真奈美の態度はいつもと変わりない。機嫌もそれほど悪くはなさそうだ。もっとも、梅田専務とのデートなど彼女にとっては日常なのかもしれない。

昨夜のことを尋ねてみようかと、ふと思った。だが、そんなことをしても何にもならないことはわかりきっている。

「よっ」

本庄がやってきて、隣の席に座った。彼もいつもと変わらない。「株価は上がらない。スリーマークも目標の株をまだ手に入れていない。依然として膠着状態だな」

「でも、いつかはスリーマークは目標をクリアするんでしょうね」

「ああ。株の安値が続けば、必ずスリーマークに売る株主が出はじめる。一般投資家には上がる見込みのない株を持ち続けている義理はないからな。上場した企業の宿命だな」

なんだか、どうでもいいような気がしてきた。

もともとスナマチが好きで入社したわけではない。ここしか入社試験に受からなかったのだ。

会社がスナマチであろうが、スリーマークであろうが、変わらないはずだった。むしろ、スリーマークの社員というほうが、社会的には通りがいいかもしれない。

スナマチがスリーマークに乗っ取られたら、多くの人がリストラにあい、啓太もその一人となるかもしれない。そうなってもいいような気もしてきた。

大学のクラスメートの何人かは、就職しなかった。一昔前のプータロー、今でいうとニートだろうか。啓太は、密かに彼らのことを軽蔑していた。

ニートにはニートの考え方があるのかもしれないが、少なくとも啓太の知り合いに関していえば、就職活動のつらさに背を向けていただけだ。

だいたいが、親といっしょに自宅に住んでおり、家賃の心配がないやつらだ。アルバイトでもすれば、当面は困らないのだろう。

そのうち、一発当ててやると考えているのかもしれないが、そのための努力をしているとも思えない。

スナマチ、あるいはスリーマークをクビになったら、啓太も彼らの仲間入りをすることになる。

それも悪くないかな……。

ニートをあんなに嫌っていたのに、今はそんな気分だった。少なくとも、就職活動から逃げることはしなかった。実際に結果は出した。それでいいじゃないかと、自分を慰めたかった。

東京のアパートを引き払って田舎に帰ることになるかもしれない。両親からは何だかんだいわれるかもしれないが、会社の都合でクビになるのだから仕方がない。

せっかく入社したのだから、クビになどなりたくないと、つい先日まで真剣に思っていた。だが、今はそうでもない。疲れてしまったのかもしれない。

そして、真奈美のことがかなり影響しているようだった。真奈美とクビになることとは何の関係もなさそうだが、つまりはちょっとばかり自暴自棄になっているということだ。

別に真奈美と付き合いたいと真剣に思っていたわけではないのだが、彼女が役員と付き合っているという事実に、かなり自分が動揺していることを認めざるを得なかった。

「会議の時間だ。行くぞ」

本庄が立ち上がった。啓太も二階の会議室に向かう。

エレベーターホールで、昨日の清掃員のことを思い出した。

「スナマチって、面倒見のいい会社なんですね」

「そうだよ。この前説明したろう」

「定年後の人を嘱託か何かで雇ったりもしているみたいですね？」

本庄はエレベーターの階の表示を見つめたまま言った。

「そんなわけないだろ。いくらスナマチだって、そこまで社員の面倒を見ちゃくれないよ」

「契約で清掃員として雇ったりしているんじゃないですか？」

「清掃会社に依頼してるんだから、そんなことはあり得ないだろう」

啓太は、なんだか狐につままれたような気分になった。思わずアルミ製の窓枠を見ていた。

じゃあ、あの人は何だったんだろう。

啓太ははっとした。清掃員になりすました産業スパイだろうか。昼間堂々と社内に入り込んでいた。そんなことがあり得るだろうか。

エレベーターが来て乗り込んだ。本庄が二階のボタンを押すと、上の階から乗ってきた社員が言った。

「おい、本庄、三階から乗って二階で降りるのか？　階段使えよ」

啓太は自分が叱られたような気がして、小さくなった。

「俺は無駄な体力は使わない主義なんだ」

「体は鍛えておいたほうがいいぞ。会社、いつまで安泰かわからないんだからな……」

「営業回りで人一倍鍛えてるんだよ」

エレベーターが二階に着いた。本庄は振り向いて言った。

「スナマチは安泰だよ」

エレベーターの扉が閉まった。

本庄は会議室に向かう。その背中を見ながら、啓太はちょっとだけ後ろめたい気分になっていた。

本庄の今の一言に根拠がないことは明らかだ。だが、彼はスナマチがスリーマークの攻撃をかわすのだと信じているのかもしれない。啓太はもはやどうでもいいと感じている。

なんだか裏切り者のような気がした。


「化粧品の件は望み薄ですね」

会議の冒頭に、馬場部長が言った。「いろいろとしらべてみると、『S』では安全基準を満たさないことがわかりました」

また振り出しに戻ったというわけだ。啓太は、もうあきらめていた。今後何時間会議をやったとしても、有効なアイディアなど出るはずがない。

時間が過ぎるのをただ待っていた。どうせ、啓太は本庄のオマケだったのだ。経験も実績もない啓太は、ただ座っているだけでいいのだ。

「瞬間接着剤って、化繊《かせん》に付くと熱を出しますよね」

販売の加賀が言った。「その性質は変わっていないの?」

野毛がこたえた。

「変わっていません。化学繊維に付着すると発熱します」

「それ、何かに利用できないかな……。弁当を温めるとか、火を使わずにお湯を沸かすとか……」

野毛が珍しく興味を引かれた顔になった。

「熱を出すことだけは明らかです。制御の方法を工夫しなければなりませんが、可能性はありますね」

「熱燗が飲めるやつとか、あったかい弁当とか、いろいろありますよね。使い捨てのカイロなんかもある……」

野毛はかぶりを振った。

「食品を温めるのには、石灰と水の反応を使っています。使い捨てカイロには鉄粉の酸化作用が利用されています。鉄が酸化するときに熱を発するのです。これは、単位あたりのコストがシアノアクリレートに比べればずいぶん安いのです。だから、そういうものへの直接の利用は考えられませんが、化学繊維と反応して熱を発するというのは、いい着眼点ですね」

「コストか……」

加賀が考え込んだ。

「そうだよ、発熱することを忘れてた……」

四方がぞっとしたような顔をした。「化粧品なんかに使って、化繊と反応して消費者が火傷《やけど》でもしたら、たいへんなことになる」

「実用化されているものはコストが安いんだろう？」

本庄が言った「だったら、現用のモノに太刀打ちできるはずがない」

野毛がそれに対して言った。

「現在使われているものは、反応をうまくコントロールしています。シアノアクリレートが化学繊維と起こす反応はかなり激しいので、コントロールの方法を何か考えなくてはなりません」

「やはり、時間がかかるというわけか」

「はい」

また一同は考え込んだ。

少しずつだが、アイディアが出はじめている。啓太はそう感じた。みんなそれなりにやる気になっているのだ。

啓太がやる気をなくしているのと対照的だった。

会議のたびに、頭の片隅で警報が鳴ることがあった。何か思いつきそうな気がしていたのだ。だが、今はそれもどうでもいいと感じていた。

僕が思いついたことなど、役に立つはずがない。

野毛と隅田課長が、何事か真剣に話し合いを始めた。どうやら、今の化繊と反応して激しく発熱するという点について、技術者としての意見を交換しているのだろう。

会議は動きはじめたように感じられる。だが、依然として膠着状態なのはたしかだ。「これだ」というアイディアが出ない限り、このプロジェクトチームは役割を果たしたことにならないのだ。

啓太は、また真奈美のことを考えていた。食事に誘われて、カラオケに行った夜に、もし彼女の側に立つことを決めていたらどうなっていただろう。

彼女と親密になれただろうか。だが、それはあまり意味がなさそうだった。真奈美は梅田専務とできているのだ。啓太が相手にされるはずはない。

うじうじと思い悩んでいる自分が嫌だった。いっそのこと、さっさとスリーマークに乗っ取られてしまえばいいんだ。そうすれば、スパイ疑惑も、この会議もなかったことになるだろう。

「おい……」

啓太は、腕を本庄の肘でつつかれた。びっくりした。

「はい？」

「だから、何か意見はないかと、訊いてるんだ」

みんなの注目を集めていた。啓太はすっかり舞い上がった。

「ええと……。あの……。いえ、特にありません」

本庄は溜め息をついた。

「おまえ、何か思いつきそうだと言ってたよな?」

「いえ、思いつくとかそういうことじゃなくて、何かこう説明を聞いているうちに、どこかで聞いたことがあるような気がして……。それが、何だったのか思い出せないんです」

四方が皮肉な笑いを浮かべた。

「それじゃ何の役にも立たないじゃないか」

「はあ、すいません」

「それが何かを思い出せ」

本庄が言った。

「いや、でもたいしたモンじゃないと思いますよ」

「いいから何としてでも思い出すんだ。それがおまえの役目だ。いいな」

「はい」

啓太はそうこたえるしかなかった。

昼休みになり、いったん会議は休憩となった。啓太はどこで食事をしようか考えていた。一度、営業部の席にもどってみようと思った。

そこで、真奈美につかまった。

「昼ご飯、付き合ってくれない？」

「いいんですか？」

「どういうこと？」

「人目がありますよ」

「あたしはそんなこと、気にしないの」

もう、ちょっかいを出されるのはたくさんだった。

「僕は周囲の人に誤解されるのは嫌ですよ。この間の資料室の件もあるし……」

「あのときのことが、何か噂になった？」

考えてみた。

「いいえ。聞いたことありません」

「そうでしょう。こそこそするから怪しまれるのよ。いいから、付き合ってよ」

啓太はなんだかばかにされているようで、腹が立った。

「いいですよ。お付き合いします」

「応接室に弁当を用意してある」

「外に食べに行くんじゃないんですか？」

「外じゃ、落ち着いて話なんてできないでしょう？」

言われるとおりにすることにした。話をしたいというのならそれもいい。だが、今日は言いたいことを言わせてもらう。

応接室に用意されていた弁当は、けっこう高級そうな仕出し弁当だった。コンビニの弁当程度を想像していたので、ちょっと驚いた。

真奈美が言った。

「役員会用の弁当があまったというので、回してもらったの」

なるほど、梅田専務と付き合っているだけのことはある。

真奈美とはちょっと離れた席に座り弁当を食べはじめた。滅多に食えないほど高そうな幕の内弁当だが、ほとんど味などわからなかった。

「会議のことを教えてちょうだい」

「前にもおこたえしました。部外者には話せないんです」

「部外者って、あたしはスナマチの社員で、同じ営業課なのよ」

「特別なプロジェクトチームなんです」

「何のためのプロジェクトチームなの？」

「新製品の販売促進ですよ」

真奈美は苛立ってきた様子だ。

「あなたたちがそういう態度だから、結局はスリーマークのＴＯＢ発表を許す結果になったのよ」

　啓太はその言葉にちょっとびっくりした。

「どうしてです？　僕たちはただ販促会議をやっているだけですよ」

「その販促会議の中に、情報を洩らしたやつがいるとしたら……？」

「それ、本庄さんのことを言ってるんですか？」

　完全に弁当の味がわからなくなってきた。

「誰とは言ってない。そうかもしれないという話よ。だから、会議のことを知りたいの」

　啓太はうんざりしてきた。

「会社のことは、経営陣に任せておけばいいじゃないですか。僕たちは日常業務をこなしていればいい」

「スナマチはそういう会社じゃないの」

「とにかく、僕に何を訊いてもわかりませんよ」

「知っていることをしゃべってくれればいい。どうしてあたしに隠し事をするわけ？」

「あなただって、隠し事くらいあるでしょう？」

　真奈美は眉をひそめた。

「それ、どういうこと？」

「さあ、どういうことでしょうね。一つ言っておきますが、僕は本庄さんに仕事を教わっています。本庄さんの弟子なんです。だから、本庄さんを信用している。あなたは、本庄さんがスパイかもしれないと言っていましたが、本庄さんは、あなたがスパイかもしれないと疑っていますよ」

真奈美は目を丸くした。

「あたしが……？　あんた、丸め込まれてるんじゃない？」

「僕を真ん中に挟んであれこれ探ろうとするよりも、本庄さんと直接話をしてみたらどうです？」

真奈美は考え込んだ。

「直接対決ってわけ？」

「それしかないでしょう」

真奈美はしばらく考えていた。やがて、彼女は言った。

「それも悪くないかもね」

携帯電話を取り出した。啓太は、黙ってその様子を見つめていた。

「あ、本庄さん？　今応接室で丸橋君と話をしているんだけど、ちょっと来てくれない？」

相手の返事を聞いている。

「待ってる」

真奈美は電話を切って、かちゃりと携帯電話を閉じた。

「昼ご飯を済ませたら、ここに来るそうよ」

ちょっとどきどきしてきた。

14

本庄が応接室に入ってきたとき、啓太は弁当を半分しか食べていなかった。もうすっかり食欲などなくなっていた。

「おう、いいモン食ってるじゃないか」

本庄が真奈美に言った。

「あなた、あたしがスパイだと疑っているんですって?」

本庄は啓太のほうを見た。啓太は眼をそらして小さくなった。

「そいつが何を言ったか知らんが、気にするな。そいつはちょっと妄想癖があるようでな……」

「ごまかさないで。あたしは、あなたがスパイなんじゃないかって思っていたの。丸橋君が、この際、直接話し合ってみればいいと言ったのよ」

啓太は、本庄の表情をうかがった。本庄は意外なことに笑みを浮かべていた。

「丸橋のやつは、どうやらけっこう頭が切れるらしい。たしかに、いずれはおまえとこうして話をしなければならなかったのかもしれない」

「あたしはスパイなんかじゃない」

「だが、おまえさんのバックには大物がいる。そうだろう？」

「何のこと？」

　本庄が啓太に言った。

「おまえから言ってやれよ」

　遠慮などしている場合ではないと、啓太は思った。腹をくくって言った。

「梅田専務ですよ。お付き合いしてるんでしょう？」

　真奈美の表情の変化を見逃すまいとした。しらばっくれようとしても、必ず顔に出るはずだ。

「はあ……？」

　真奈美は、わけがわからないといった顔をした。「何よ、それ」

「それ以外に、あなたが、プロジェクトチームの会議の内容を知りたがる理由はないでしょう？」

「ちょっと待って、なんでそういうことになるわけ？」

「昨日、僕は見たんです。十時頃です。あなた、梅田専務の車に乗り込んで二人でどこかへ行ったでしょう?」

真奈美は付き合ってられないという顔をした。

「それだけのことで、あたしが梅田専務と付き合っていることになっちゃうわけ?」

「それだけのことって、充分じゃないですか」

「それ、誤解よ」

「誤解のしようなどない」

本庄が言った。「梅田専務と親しいことは明らかだ」

「それがどうしたのよ」

「親しいことは認めるんだな?」

「そりゃ親しいわよ。梅田専務は私の伯父ですからね」

本庄と啓太は絶句して真奈美をしばらく見つめていた。

「ほらね、そんな顔するでしょう。だから、社内ではないしょにしていたのよ。知っているのは人事関係の一部と役員だけ」

「あ……」

啓太は思い出した。「いっしょに飲んだ夜言っていた、入社のときのコネというのは……」

「もちろん、伯父のことよ。昨日は伯母が用事があるというから車でいっしょに行っただけのことよ」

　啓太は全身から力が抜けていくような気がしていた。何だそうだったのか。僕の早とちりだったというわけだ。なんだか、ほっとして、ちょっとうれしくなってきた。

「伯父さんだったとしても……」

　本庄はすでに驚きから立ち直っていた。「事情はそれほど変わらない。おまえさんは、梅田専務の派閥の一員だということだ。そして、梅田専務は改革派だ。反社長派じゃないか。親戚ならなおさらだ。梅田専務のために情報を集めていたとしても不思議じゃない」

「それは否定しない。伯父は社内のありとあらゆることを知りたがっている。だから、その手伝いをしただけのことよ。でも、それが会社を裏切っていることにはならない」

「なっている、と俺は思うがな……」

「たしかに伯父は改革派かもしれない。でもそれはスナマチをよりよくするためよ。反社長派だなんて、誰が言ったの？　伯父はそんなこと、一言も言ったことはない」

「園山ジュニアと対立しているじゃないか。つまり、園山親子と梅田専務という構図だ」

「そんな単純なものじゃない。たしかに、伯父は園山常務とは対立しているように見えるかもしれない。でも、問題なのは園山常務の経営センスなのよ。今回だって、なんとかスリーマークの敵対的TOBを回避しようと努力していた。そこに降ってわいたような株価の下落騒ぎよ。伯父は、その前後に御殿場で秘密の会議があったことを後になって知った。その会議のことが伯父の耳に入らなかったのは、園山常務の仕切りだったからよ。だから、伯父は会議の内容を知ろうとした。でも参加者は、なぜか伯父の質問にこたえようとしなかった。伯父は傷ついていたわ」

「たしかに……」

本庄は思案顔になった。「ある情報があの会議の参加者から洩れて、それが株価の下落につながったと考えられる節はある」

「そのあたりのことを、伯父は知りたかったのよ。そうすれば、スリーマークに対する対抗措置のための新たな材料が見つかるかもしれないと考えたわけ。そして情報の漏洩者を見つけ出す必要もあった。これ以上の漏洩はまさに命取りになるから……」

「待てよ。おまえさんの説明だと、梅田専務がスナマチを救おうとしているように聞こえる」

「当たり前じゃない。そのために御殿場の会議の内容を知ろうとしたの。そして、情報の漏洩者が誰かつきとめようとした。あたしは、一度は本気であなたを疑った」

「一度は……？」

「そう。だから、丸橋君にあなたを見張るように言ったのよ」

本庄は、啓太に言った。

「おまえ、俺を見張っていたのか？」

啓太はあわてて言った。

「いえ、僕は本庄さんのことを信じていました」

本庄は、真奈美に視線を戻した。

「今は俺のことを疑っていないということだな？」

「完全に疑いが晴れたわけじゃない。だから、会議の内容を詳しく知りたいわけ。じゃなきゃ、誰が本当に怪しいのかわからない」

「まさか、園山ジュニアが会社を売ろうとしているわけじゃないだろうな」

「そうじゃない。園山常務も会社を救おうとしているのだと思う。でも、残念ながら、その能力がまだない。梅田専務にないしょで会議を開いたりするところに、そのセンスのなさが表れていると思う」

「おまえ、すごいこと言うな……」

「あたしは、将来は経営にも参画したいと思ってますからね。女にだってそういうチャンスは与えられるべきよ」

「わかったよ」

本庄はうんざりとした顔をした。「そういう話、俺苦手なんだ。それより、ここではっきりさせておきたいのは、俺はスパイなんかじゃないということだ」

「あたしだってスパイじゃないわ。そりゃ伯父のために情報提供はしたわよ。でも、それってスパイ行為じゃないでしょう?」

「外部に会社の情報を洩らさないという意味では違う」

じゃあ、今まで板挟みになっていた僕は何だったんだ。

啓太は、そう言いたかったが、黙っていた。

最初から、この二人が互いに疑っているなどというのは、どこかスパイごっこのように感じていた。それが当たっていたというわけだ。事態はもっと高次元で深く進行しているようだ。

本庄が言った。

「他にスパイがいるということだな」

真奈美はうなずいた。

「伯父は見当がついていると言っている」

「誰なんだ?」

「それはまだ言えない。確かじゃないから。だから、そのために御殿場会議のことが知りたいんだってば……」

「あの……」

啓太は思い切って二人の間に割って入った。本庄が啓太を見た。

「何だ？」

「僕、怪しい人を目撃したんですけど……」

「怪しい人……？」

「本庄さん、スナマチは清掃会社と契約していると言っていたでしょう」

「ああ。そうだよ」

「じゃあ、スナマチの社員か契約社員で、清掃員なんていないわけですよね」

「いない」

「でも、僕、見たんです。そして、話もしました。その人、清掃員の服装をして、二階のエレベーターホールの窓を掃除していました。その清掃員は、間違いなく、『スナマチ一筋だった』と言ったんです」

　本庄は眉間にしわを寄せて啓太を見つめた。真奈美も似たような表情だった。二人が本気で自分の話を聞いているのだと感じた啓太は、勢いを得て続けた。

「その人は、スナマチの経営内容に詳しそうな口ぶりでした。清掃員の服装なら、おそらく誰も怪しまないですよね。いるはずのない嘱託の清掃員。怪しいじゃないですか」

　本庄は真剣な表情のまま尋ねた。

「その人とはどんなやり取りがあったんだ？」

「ええと……。二階のエレベーターホールの窓枠を掃除していたんです。背の低い人だったので、上のほうに届かなかったんですね。それで、僕はたわしを借りて上のほうを磨いてあげたんです」

「それから……？」

「僕が、会社がたいへんなことになっているというようなことを言うと、その人は言いました。バブルに惑わされた会社と違って、スナマチの経営は堅牢だから、心配することはないって……」

「それだけか？」

「糊は好きかと訊かれました」

本庄と真奈美は真剣な表情のまま顔を見合わせた。見る間に二人の顔つきが変化した。表情が崩れていった。二人は同時に笑い出していた。

啓太はぽかんとしていた。二人の反応が理解できない。

「その人のこと、知ってるんですか？」

本庄がこたえた。

「おまえは知らないのか？」

「スパイのことなんて知りませんよ」

「まあいい。そのうちわかる」

二人の態度に納得できなかった。もしかしたら、名物社員か何かなのかもしれない。

本庄が言った。

「さて、そろそろ会議室に行かないと……」

真奈美が本庄に言う。

「その前に、会議の内容を教えて」

本庄はしばらく考えてから啓太に尋ねた。

「梅田専務とこのお嬢のこと、信じていいと思うか？」

啓太はびっくりした。

「どうして僕に訊くんです？」

「俺一人じゃ責任を負いかねるからさ」

なんという先輩だろう。

啓太は真剣に、これまでの経緯やこの場でのやり取りを検討してみた。真奈美が梅田専務の愛人ではないとわかって、心が軽くなっていて、頭もよく回転するような気がした。

「僕は信用していいと思います。最初から二人ともスパイだなんて思ってませんでしたから……」

「調子いいな。よし、わかった。だが、極秘なんで詳しいことはしゃべれない。俺が言えることは限られている」

「もったいぶらないで」

「開発部が目的と違うものを作っちまった。俺たちはその使い道を考えている」

真奈美が眉をひそめた。

「何よ、それ。開発に失敗したということ？」

「そういうコメントはできない。繰り返す。俺たちはその使い道を考えている。それしか言えない」

本庄は出入り口に向かおうとした。

「ねえ、待ってよ。どうしてそんなことになったの？」

本庄は立ち止まって、しばし考え、そして言った。

「開発を妨害しようとした者が内部にいる可能性があると、隅田課長が言っていた。だが、これは未確認情報で、野毛も半信半疑だった。だから、梅田専務に伝えるんなら、充分に言葉に気をつけてくれ」

本庄は会議室を出て行った。

啓太はあわてて弁当を片付けようとしたが、応接室など来たことがないので、どうしていいかわからない。

「いいわよ。片付けといてあげるから、早く行きなさい」

「すいません」

啓太は真奈美に一礼して会議室に急いだ。

午後の会議は、今までより少し活発な気がした。啓太の気分のせいかもしれない。午前中はどうでもいいような気がしていたのだが、今は自分が別人のようにやる気になっているのがわかる。

本庄と真奈美の板挟み状態から解放された。そして、何より、真奈美が梅田専務の愛人などではないということがわかった。

我ながら現金なものだな……。

「化織と反応して熱を出すという方面については、開発部ですぐに検討を始めたいと思います」

馬場部長が言った。「私たちは、それ以外にも有効なアイディアがあれば、参考にさせていただきたいと思います。さらに、意見をちょうだいしたいのですが……」

「これ、どうかな……」

四方が手もとの携帯電話を見ながら言った。「液晶画面に貼り付ける保護シート。貼ったりはがしたりを何度もできるやつだ。硬化しない接着剤ならそれに応用できるんじゃないか？」

それを受けて、加賀が言った。

「自動車のウインドウに貼り付けるシールなんかもそうですね。粘着テープのように貼り付いてしまうものは不便です。しかし、すぐにはがれてしまうのも困る。貼ったりはがしたりが何度もできて、しかも密着性が高いものがいい。そういうのに使えるんじゃない?」

それを聞いた野毛はきょとんとした顔をした。

「たしかに、そういうシートにはシリコン素材やゲルポリマーが使われています。だから、『S』もたしかにそれに応用できますが……」

「じゃあ、それで決まりじゃないか」

四方が言う。

「でも、そういう保護シートはわが社でもすでに製品化されてますよ」

「だからさ、『S』の性質を利用して、さらに高品質のものが作れるんじゃないのって言ってるんだよ」

野毛はぴんとこない様子だ。

「たしかに『S』はもともと接着剤なので、被着材との親和性は高いです」

四方は携帯電話をかざした。

「こういう液晶なんかの保護シートって、どういう理屈でくっつくの?」

「そもそもシリコンの自己粘着性が基本になっています。ゲルポリマーが被着材の微小なでこぼこを埋めて真空の状態を作り、大気圧がそれを押しつけているのです。つまり、接着剤の『機械的接合』の第一段階ですね」

　啓太の頭の中でまた何かが呼び起こされようとした。午前と違ってやる気になっているので、反応もいい。

　何だろう。啓太は、自分自身の記憶の囁きに耳を傾けようとした。

「それはいけそうじゃないかね?」

　馬場部長が野毛と隅田課長に言った。「保護シートの販路ならすでに確保しているわけだし」

　四方がさらに言う。

「他の分野にも応用できるだろう。パソコンのキーボードカバーとか……。シリコン素材の自己粘着性を利用しているというのなら、あれもそうだろう、ヌーブラってやつ……」

　パソコン……。

　啓太の頭の中でまた何かが小さな声を上げた。思い出しそうだ……。

　野毛が言う。

「いくらゲルポリマーとして高品質であっても、それを活かせるとは限りません。製品としてはシートの性質に左右されることになります。たとえば、『S』は熱に強いのですが、シートの素材は熱に弱いわけですから、画期的な製品というわけにはいきません」

「だが、可能なんだろう」

四方が尋ねると、野毛はうなずいた。

「可能でしょうね」

「ようやく商品化の目処《めど》がついてきたじゃないか。もう画期的な製品である必要なんてない。使えればいいじゃないか」

野毛がまたきょとんとした顔になった。

「私たちは画期的な商品を開発しようとしていたわけです。その当初の目的が意味のないものになってしまいますが……」

「今さら何を言ってるんだ」

四方が言う。「開発はとっくに失敗しているんじゃないか」

「じゃあ、このプロジェクトは何のために作られたんです？」

「あんたらの尻ぬぐいじゃないか」

この言葉に、熱くなりやすい隅田課長が反応した。

「尻ぬぐいとは聞き捨てなりませんね。私たちは開発途中で妨害を受けたのかもしれないのです」

「それもあんたらの管理の甘さだろう」

会議室内が険悪なムードになりかけた。

「まあまあ……」

本庄が言った。「野毛さんの言うこともわからないではないよ。長い間、苦労して開発に携わってきたんだろう。おそらく、『S』はまだ画期的な商品になりうるポテンシャルを持っていると、野毛さんは考えているのでしょう？」

野毛はうなずいた。

「そう思います」

四方は何も言わなかった。代わって、加賀が言った。

「とにかく、保護シートの線で考えてみたらどうです？　さっき馬場部長が言われたようにそれならすでに販路もあるわけだし、製品化後の販売も容易です」

啓太は、頭の中でひらめきを感じた。よく、古典的な漫画なんかで、頭の上に電球が灯るのがあるが、まさにあんな感じだった。

啓太は、顔が紅潮するのを感じた。

「あの……」

手を上げると、皆がさっと啓太に注目した。馬場部長が言う。

「何だね？　何か意見かね？」

「いくつか確認したいのですが……」

「どうぞ」

「『S』は、何があっても固まらないのですよね」

野毛がこたえた。

「何があってもというのは語弊があります。低温にすると凍りますよ。つまり固体化しますが、まあ、おそらく質問なさりたいのは、常温以上でという条件でしょうから、そのとおり固まりません」

「そして、熱に強いのですね？」

「はい。それが特徴でもあります」

「そして、断熱性はないと言いましたね？」

「残念ながら、断熱性はありません」

「ということは熱伝導率は高いということですね？」

野毛はふと表情を曇らせた。意外な点を衝かれたという顔だ。

「そういえると思います。熱伝導率に関してはちゃんとしたデータをとっておりませんが……」

「銀粉などを混ぜて導電性接着剤というバリエーションを考えていたと言いましたが、つまり銀粉を混ぜる用意があるということですね？」

「ええ。それはもちろん……」

「おい」

本庄が言った。「何が言いたいんだ？　何のための確認だ？」

その言葉は他の参加者の気持ちを代弁している。

啓太はさらに顔が紅潮していくのを感じていた。

「接着剤は、くっつけたい対象物の表面の小さなでこぼこに入り込むことが第一段階だと言いましたよね。それと同じ話を思い出したんです」

「だから、何なんだそれは？」

「シリコングリスです」

「何だそれ……」

四方が言った。

「パソコンのCPUにファンクーラーを取り付けるときに塗るものです。最近のパソコンは高性能のCPUを使っているので、熱対策が重要だって本で読んだことがあります。……で、その本にシリコングリスの役割はCPUとファンクーラーの接合面の小さなでこぼこを埋めて熱伝導率を高めることだって書いてあって、これって接着剤の話といっしょだなって思って……」

「CPU？」

「パソコンの心臓部にある電子装置のことです」

開発部の三人は理系だけあって、すぐに理解したようだ。馬場部長はうなずき、隅田はしきりに何事か考えている。

野毛はぽかんと口を開けていた。

その三人の反応を見て、四方が言った。

「俺はパソコンの中身なんてのはちんぷんかんぷんだけど、そのシリコングリスって案は使えるのか……?」

「たしかに……」

隅田課長が言った。「シリコングリスは固まらない接着剤とも言えます。まさに、その新人さんが言われたとおり、接着剤の『機械的接合説』の第一段階を目的としていますので……。CPUの表面やファンクーラーの接合面は金属で、熱伝導率がいいようにぴかぴかに磨かれていますが、それでもミクロの視点から言うとでこぼこなわけです。シリコングリスはそのでこぼこを埋めるわけです」

「丸橋啓太って言うんだ」

本庄がそう言うと、隅田課長は驚いた顔で本庄を見た。何を言われたかわからなかったらしい。

「『その新人さん』じゃなくて、営業部の丸橋啓太だ」

「失礼しました」

啓太はかえって恐縮した。

「いえ、とんでもない……」

「それだって、コストの問題があるんじゃないのか？」

四方が言った。「どうせ、既製品のほうが安価で高性能だと言うんだろう？」

すると、野毛は言った。

「いえ、そうでもないんです。コスト的にはそう変わりません。そうか。あのとき、どうして気づかなかったんだろう」

四方が尋ねる。

「あのとき……？」

「御殿場で誰かが、潤滑油の話をしましたね。たしかに潤滑油としてならシリコン単体のほうが有効なのです。しかし、グリスとして考えれば遜色はなくなる……。シリコングリスは、パソコンにも使われますが、その名のとおりグリスとして機械部品にも使われます。耐熱性と対薬品性を持つ『Ｓ』は、パソコンのＣＰＵ以外にも使えるかもしれません」

野毛の眼がいつになく輝いている。

本庄が、トラブルに直面したときに似ていると啓太は思った。

その本庄が慎重な口調で言った。

「おい、『S』は化繊と反応して熱を出すんだろう？　何だかよくわからんが、つまりシリコングリスってやつはCPUを冷やすために使うんだよな。なんかの拍子にそのシリコングリスが発熱したんじゃ役に立たんだろう」

野毛も慎重な態度になった。

「シアノアクリレートが発熱するのは、きわめて限られた素材と反応したときだけです。しかも、絶対量が問題となります。だいじょうぶ、その点は開発部でクリアできます」

「でも……」

加賀が言う。「シリコングリスって、どの程度の需要があるものなんです？　保護シートのほうがうちとしては販路も確かだし売りやすいんじゃないですか？」

「たしかにな……」

四方が言う。「シリコングリスを売り出すとなると、新規参入ということになるわけだろう。後発のメーカーはきついんじゃないの？」

本庄が、例の獲物を見つけた肉食獣のような顔つきになった。

「心配するな。どんなものでも売ってみせると言っただろう」

啓太は、周囲の反応がいいので、勇気を得てさらに言った。

「新規参入というところが、今回はプラスになるのではないかと思います」

　本庄が尋ねる。

「どういうことだ？」

「株価ですよ。このプロジェクトの目的というのは、開発失敗をちゃらにして、会社の株価下落傾向を解消することだったんじゃないですか？」

「あ……」

　本庄が声を上げた。「そうか。新しい分野への新規参入で、しかも新素材となると、これは市場に好感を持たれるかもしれない」

「なるほど……」

　四方がうなずいた。「そうなると、接着剤の新製品開発に失敗したという情報がデマということにできる」

「何だかわかんないけど……」

　加賀が言った。「私は保護シールや車のウインドウに貼るシールなんかのほうがいいと思うけどねえ……」

　隅田が加賀に言った。

「もちろん、それも検討してみますよ」

　啓太は、本庄にいきなり背中を叩かれた。

「俺が言ったとおりだろう。何かひっかかるものがあったら大切にするんだ。すると、こういう結果になる」

啓太はおそるおそる尋ねた。

「あの……、本当にシリコングリスで行けるんでしょうか？」

「行けます」

野毛が言った。「最大のメリットは、すぐにでも商品化できるということです。ゲル状にすることは簡単ですから。パッケージも瞬着と同じチューブを使えます。廉価版と、銀を混入した高性能版の双方を作ることも可能です」

会議室の中の雰囲気は活気にあふれていた。

「よし」

四方が言った。「ぐずぐずしていないで、宣伝プランや営業プランを出そうぜ。役員を含めた会議でプレゼンをやることになるんだろう？　すぐにでも動き出さないと……」

それぞれが専門知識を持ち寄り、話がとんとん拍子に進んでいく。

啓太は信じられない気持ちだった。自分がこのプロジェクトで役に立つことなどあり得ないと思っていたのだ。もちろん、こんなのはビギナーズラックに過ぎない。それはよくわかっている。

だが、自分が会社の役に立てたことはやはりうれしかった。一人前というには程遠い。それでも、一歩近づいた気がする。

15

翌日は、日曜日で久しぶりにゆっくり休めると思った。朝寝坊をして、テレビをぼんやりと眺め、掃除をして洗濯をする。

昼からちょっとだけビールを飲むのもいいな……。ベッドの中でそんなことを考えていた。

天気がいい。カーテンの隙間から日の光が差し込んでいる。

自由な時間を楽しもうと思っていると、携帯電話が鳴った。本庄からだった。

「一週間たった。マルコウへ行ってみよう」

本庄は日曜日だというのに、仕事をするつもりらしい。せっかく『S』のプロジェクト会議から解放されたというのに、のんびりするつもりなどないらしい。

たしかに、マルコウのことはまだ片づいてはいない。

「わかりました。すぐに行きます」

そう言うしかなかった。啓太の立場では文句など言えない。

「この間と同じく、正面玄関で待ち合わせだ。着いたら電話する。二時でどうだ？」

「だいじょうぶです」

「じゃあな」

電話が切れた。啓太はベッドの上に座り、溜め息をついていた。


いちおう、営業回りだから背広を着てきた。マルコウは日曜日とあって普段より混んでいる。

二時五分に電話が鳴った。この間と同じく、本庄は五分待ち合わせに遅れたわけだ。今日は本庄も背広にネクタイ姿だった。啓太は、スーツを着てきてよかったと思った。

「大北に会いに行く前に、売り場をチェックしておこうぜ」

木材売り場、模型売り場、手芸用品売り場を順に回った。木材売り場は前回と変わりない。

模型売り場では、本庄が提案したとおり、スナマチの水糊や木工用接着剤を機関車のジオラマの前に移動していた。

手芸用品売り場には、ちゃんとドールを飾ってあった。そのせいかどうかわからないが、前回来たときよりも若い女性の姿が目立つように思えた。

「やることはやってるじゃないか……」

本庄はほくそえんだ。「さて、接着剤売り場に行って、大北に会ってみよう」

大北はすぐに見つかった。制服のエプロン姿だ。

本庄と啓太が近づいていっても、にこりともしない。その態度を見て、結果が予想できた。

出入り禁止になるかもしれない。そうなったら、啓太のせいだ。得意先を一つ失うというのは営業としては大黒星だ。会議でいいアイディアを出したくらいでは、とても帳消しにはできない。

本庄は相手の態度などお構いなしに陽気に笑いかける。

「やあ、どうも。どうです、その後」

大北は言った。

「どうもこうもないよ。一週間で結果が出ると言ったよね」

「言いました」

「もともと十倍もの納品なんて無茶だったんだ。十倍も売れるはずがない」

「失敗でしたか？」

「俺が期待したような結果は出なかったね」

「じゃあ、別の手を考えますよ」

った。

「もういい」

啓太はどきりとした。もうスナマチの商品など置かないと言いだすのではないかと思った。

「もういい？」

さすがに本庄の表情も曇ってきた。「それ、どういうことです？」

「これ以上、スナマチさんの世話にはならないということだ」

「出入り禁止ということですか？」

啓太は、目眩《めまい》を起こしそうになった。

「出入り禁止……？」

なぜか大北のほうが驚いた顔になった。「誰がそんなことを言った？」

「この間、スナマチを出入り禁止にしたいくらいだって……」

大北は両手を振った。

「違う違う。あんたらの世話にならないと言ったのは、そういう意味じゃない。俺たちも知恵を絞るということだ」

「ほう……」

大北はちょっと照れくさそうな表情になった。

「期待したような結果じゃなかったと言ったが、俺の期待が大きすぎたようだ。まあ、今までの何倍も売れているというわけじゃないが、間違いなく五割から六割、売り上げが伸びた。売り場の工夫をしただけで商品の動きが変わったんだ」

「五、六割の伸びか……。もっと動くと思ったんですがね……」

「あんたが言ったとおり、今後口コミで広がればもっと伸びる可能性はある。いい勉強をさせてもらったよ。これまで他店のディスプレイなど見たこともなかったんだ。ほら、マルコウは規模でいえばまず日本一だ。そのプライドがあったからね。だけど、これからはそれだけじゃだめだってことがよくわかった」

「大北さん」

本庄はいつになく真面目な顔つきになった。「販促も私らの仕事なんです。これからもお手伝いさせていただきますよ」

啓太はほっとしていた。どうやら、啓太の失敗もこれで片が付いたようだ。

「それよりさ」

大北は半歩近づいて声を落とした。「スナマチさん、スリーマークの子会社になるの？」

「ＴＯＢの件ですか？」

「うん。そうなると、営業の担当なんかもまた替わるんだろうね」

「だいじょうぶです。一週間後には、スリーマークはＴＯＢを撤回しているでしょう」

「本当かい？」

「おそらくそうなっていると思います」

「どうかなあ。あんたの一週間って、あまり当てにならないからなあ……」

「今度のは根拠があるんです」

「今度のは……？」

大北が睨んだ。「じゃあ、売り場のレイアウトの件は根拠がなかったってことか？」

「長居するとご迷惑でしょうから、失礼します」

本庄はそそくさと退散し、啓太はあわててそのあとを追った。


月曜日の朝に、役員や部長たちの前で、『S』プロジェクトチームのプレゼンテーションが行われることになった。とはいえ、中心となって発言するのは、開発部の連中だ。もともと開発部の案件だからだ。

開発失敗ということは伏せて、あくまでも新製品の発表という形でプレゼンテーションが行われる。

プロジェクトチームの他のメンバーは補足説明をするだけだ。啓太の出番などないはずだ。

大会議室に入ると、すでに重役たちが席についていた。各部長に常務、専務ら取締役。

さすがに室内はぴりぴりとした雰囲気だ。

役員たちの中央に、例の清掃員がでんと座っていた。その姿を見ても啓太はそれほど驚かなかった。

本庄と真奈美の態度から、すでにある程度予想はしていたことだった。要するに、水戸黄門だ。どこかで見たことがあると、あの時思ったのも当然だ。

その人物は園山シニア。つまりスナマチの代表取締役社長だ。

当然ながら、園山ジュニアも、梅田専務も出席している。梅田専務の印象は、呼び出されたときとは全然違っていた。あのときは、スパイの親玉だという先入観があったし、尋問されるという恐怖感もあった。今こうして見ると、ずいぶんと穏やかな人に見えた。

一方で、園山ジュニアはちょっと影が薄く感じられる。

馬場部長が、新製品、つまりシリコングリスの概要を説明し、隅田課長がそれに補足説明をした。そして、野毛が商品のメリットについて技術的な側面から説明した。

役員や部長たちは、食い入るように説明を聞いていた。この商品で会社の危機が救えるかもしれないということを、彼らは知っている。だから、誰もが真剣だった。

長い説明が終わり、司会進行役の総務部長が質問を求めた。

しばらくは誰も口を開かなかった。

最初に発言したのは、園山ジュニアだった。

「わが社は、パソコンなどの分野には新規参入ということになるのだが、販路の確保はどうするつもりですか?」

総務部長が本庄を見た。

「営業の方、どうですか?」

本庄は自信たっぷりにこたえた。

「心配ありません。どんな相手でも売ってみせます」

本庄の決め台詞だ。それが役員たちに通用してしまうところがすごい。普通なら根拠を求められたりするのだろうが、本庄の一言に対しては、誰も何も言わない。それだけの実績があり、それを役員たちも知っているということなのだろう。

梅田専務が質問した。

「それで、製品化にはどれくらいかかる?」

総務部長が野毛を指名した。

「そうですね」

野毛は言った。「一ヵ月もあれば……」

「パッケージデザインなども含めてどれくらいかかね?」

デザイン室の部長がそれにこたえた。

「コンセプトがはっきりしていれば、デザインにはそれほどかかりませんよ。そうですね、やはり一ヵ月くらいでしょうか」

梅田専務は園山社長を見た。社長はうなずいた。

「いいんじゃないですか？　スナマチもいつまでも糊ばかり売ってるわけにはいかないでしょう」

梅田専務が言った。

「はい。新たな分野への参入という姿勢は、必ずマーケットに評価されるはずです」

「けっこう」

社長のその一言がゴーサインだった。梅田専務は野毛とデザイン部長の二人に言った。

「たいへんだと思うが、それぞれを三週間に縮めてもらいたい。二週間で試作品ができれば理想的だ。それに先行して、宣伝部では発売の告知をするんだ。すぐにでもかかってほしい」

宣伝部長と四方が同時にうなずいた。

「さて、開発部での作業だが……」

梅田専務の言葉が続いた。「一つ条件をつけさせていただく」

開発部の馬場部長、隅田課長、野毛の三人が梅田専務を見つめていた。

梅田専務は重々しい口調で言った。

「馬場部長には外れていただきたい」

隅田課長と野毛は何も言わず、ただ梅田専務を見つめているだけだった。馬場部長がうろたえた様子で言った。

「あ、あの……、それはいったい、どういう……」

梅田専務の表情は厳しかった。

「今後開発の業務には一切関わってはいけない」

「いったい、なぜです？」

「それを、私に言わせるのかね？」

馬場部長は言葉を失った。

会議室内は静まりかえった。なぜ、梅田専務が馬場部長を外すのか。その理由は明らかだ。

馬場部長がスパイだったというわけだ。

なるほどと、啓太は思った。

情報を外部に洩らしたのは、御殿場の会議の出席者か開発部の人間のどちらかだと、本庄と話し合ったことがある。

その両方の条件に当てはまるのは、馬場部長、隅田課長、野毛の三人だ。

そして、隅田課長と野毛は、開発の失敗は何者かの妨害工作が原因である可能性が高いと言っていた。

馬場部長ならば、データの改ざんや異物の混入といった工作が可能だ。

そして、現在の馬場部長の態度が、真実を物語っている。万事休すという態度で、がっくりとうなだれ、顔色を失っている。

「さて」

園山社長が言った。「一分一秒でも時間が惜しい。みんなすぐに仕事にかかってくれ」

総務部長が会議の終了を告げ、出席者たちはそれぞれの持ち場に散っていった。

「やっぱりね……」

真奈美が言った。「開発部の馬場部長がスパイだったのね。伯父が睨んでいたとおりだった」

啓太は真奈美、本庄とともに会社の近くの居酒屋で一杯やっていた。

役員・部長会議での梅田専務の発言は、瞬く間に社内に広がった。翌日、馬場部長は辞表を出したということだ。当然だろうと、啓太は思った。正体がばれたからには、会社にはいられない。

「なんでも、スリーマークが馬場部長に接触していたらしい」

本庄が言った。「スナマチの乗っ取りがうまくいった暁には、出世させるとでも言っていたんだろうな」

啓太は驚いた。

「どこからそんな話を聞いてくるんです?」

「営業はな、情報が命なんだよ」

「スナマチ製シリコングリスは売れそうなの?」

真奈美が本庄に尋ねた。

「誰に言ってるんだ。俺に売れないものなどない」

実際、本庄は製品ができあがる前に、さまざまな販売店に営業攻勢をかけていた。パソコンで自ら作ったパンフレットを持ち、毎日あちらこちらを飛び回った。

そのすべてに啓太が同行していた。車の運転は啓太の役目になっていた。毎日冷や汗をたっぷりかいているが、それは助手席の本庄も同様だろう。

「丸橋君のアイディアなんだって?」

真奈美が言った。「やるじゃない」

「いえ、まぐれ当たりですよ。本庄さんのアドバイスもあったし……」

「アドバイス?」

「何かひっかかるものがあるのなら、それを大切にしろと言ってくれたんです」

「へえ……」

本庄はにやりと笑った。

「まあ、手柄の半分は俺のものということだな」

「そうね。丸橋君を御殿場の会議に連れて行くと言いだしたのは、あなたですからね……」

「役に立つはずないと思っていたんだがな……。わからんもんだ」

ちょっとへこんだ。

「さ、次行くわよ」

啓太と本庄は同時に真奈美を見ていた。

「次……？」

「カラオケですか？」

「そうよ」

「俺、用事思い出した」

本庄が言った。「おまえ、付き合ってやれ」

「用事なんて嘘でしょう」

真奈美が言う。「だめよ。あなたも行くの」

その夜、真奈美はまた二十曲以上歌った。渋っていたくせに、本庄も真奈美に負けないくらい歌った。

16

その週の終わりには、スナマチの株価が上がりはじめた。ホームページでシリコングリスを開発して新分野に進出するという告知をし、経済紙などが取り上げた。

シリコングリス自体の市場というのはたしかにそれほど大きくはないが、重要なのは、スナマチが新分野への一歩を踏み出したということだった。

経済紙の記事は、「今後の展開が期待される」という言葉で終わっていた。それが、市場に好影響をもたらしたのだ。

株価の上昇気運で、社内の重苦しい空気も一掃された。スナマチはいつもの、どこかのんびりとした雰囲気を取り戻していた。活気はあるが、ぎすぎすしていない。

営業回りのために車に乗り込み、啓太は本庄に言った。

「ようやく社内が明るくなりましたね」

「ああ。だが、油断は禁物だ。まだスリーマークのＴＯＢを回避できたわけじゃない。

向こうの出方次第だな。まだ、株価はスリーマークの設定価格より低い」

「でも、株価が上昇し続ければＴＯＢの設定価格を上回る可能性がありますよね」

「可能性はある。投資家の動きも気になるところだな。天王山は週明けだろう。もし、株価がスリーマークの設定価格を上回ったとしても、スリーマークがさらに設定価格を吊り上げることだってあり得る」

「そこまでやりますかね？」

「スナマチは新分野への参入を発表した。スリーマークにとってはさらに魅力的な会社になったわけだ」

「でも、何か違いますよね……」

「何が違うんだ？」

「うまく言えませんけど、スナマチがスリーマークの子会社になったら、スナマチのよさがなくなってしまうような気がするんです」

「入社して二ヵ月のやつにスナマチのよさがわかるのか？」

「ようやくわかってきました。いつか、本庄さんが言ってましたよね。この会社が好きなんだって。それ、理解できるような気がします」

「ほう……」

「スナマチのような会社は貴重だと思います。いつからか、日本の企業はアメリカ風の経営を取り入れることが正しいのだという風潮になりましたよね。年功序列は間違いで、能力主義が正しいとか、終身雇用を見直して、効率のために社員のクビを切るとか……。でも、それって、日本の企業のよさを捨てることでもあるような気がするんです」

「いっちょまえのこと言うじゃないか」

「社会人としては半人前ですが、僕だって、経済ニュースや政治関係の番組を見ないわけじゃないんです。何かの本で読んだんですが、アメリカの経営者が日本の終身雇用について、学ぶべきところがあると言っていたそうです」

「ああ、そうなんだよ。スナマチってのは、いまだに年功序列や終身雇用にこだわっている。年功序列という言葉のイメージは悪いが、要するに職人気質を大切にしているということだ。たしかにリストラが必要な会社はたくさんあった。だが、それはバブルのときによけいなものを抱え込んじまった会社なんだ。本来の業務じゃなくて、金融とか土地とかに手を出した会社だ。スナマチは、バブルに踊らなかった。糊屋は糊を作るのが仕事だという社長の確固たる信念があったからだ」

　啓太はうなずいた。

「その話は社長本人からうかがいました。もっとも、そのときはただの清掃員だと思ってたんですけどね」

「アメリカの真似をしても、日本は豊かにはならないような気がする。俺も経営者じゃないし、経済学者でもないんで、こいつは正しいかどうかわからない。だが、俺が感じているということは、他のやつも感じているということだと思う。効率だけを追求して、一部の勝ち組を作っても誰も安心しない。将来の不安が募るだけだ。不安だと人は金を使わない。金が回らないから景気の底上げができない」

「そうですね」

「終身雇用が正しいかどうかはわからない。だが、日本の会社というのは、アメリカのカンパニーとは明らかに違う。日本のプロ野球がメジャーのベースボールと違うようなもんだ。ちなみに、俺は日本流の野球のほうが好きだ」

「野球のことはよくわかりませんが、スナマチのことは好きになれると思います」

本庄はにっと笑った。

「それでいいんじゃないの?」

週が明けると、スナマチの株価はさらに上昇した。株価が下落傾向から上昇傾向に転じたところで、買いが集まった結果だった。

そして、ついに火曜日の終値で、スリーマークがTOBのために設定した価格を上回ったのだ。

「役員は今後の展開をどう読んでるんです?」

啓太は、真奈美にそっと尋ねた。

「知らないわよ」

「伯父さんから何か聞いてないんですか?」

「それ、絶対に秘密ですからね」

「わかってます。どうなんです?」

「今のところ、スリーマークの出方待ちというところね。スリーマークが設定価格を上げるかどうか……。正念場でしょう」

落ち着かない日が続いた。だが、スリーマークがＴＯＢを発表したときとは違い、重苦しい雰囲気はない。あのときは、負け戦に追い込まれようとしていた。今は違う。かなり勝算があるのだ。

早く結果が出てほしい。そういう思いが強い。

金曜日に、スナマチ製合成グリスの試作品が完成したという知らせが社内に流れた。それまでは、便宜上「シリコングリス」という呼び方をしていたのだが、正確にはシリコングリスとは成分が違うので、「合成グリス」と呼び方が改められたのだ。

そして同じ日に、待ちに待った知らせが社内を駆け抜けた。

「スリーマークが、ＴＯＢを取り下げた。スナマチの勝ちだ」

17

今日は啓太にとって記念すべき日だ。緊張している。一人で営業回りをやれと、本庄に言われたのだ。

「いいか？　へたに一人前の振りをするな」

本庄は言った。「個性を発揮しようなんて思わなくていい。最初は型どおりやるんだ。そして、判断に困ったらかっこつけないで、上司に相談すると言うんだ」

「わかりました」

一人で営業車に乗り込み、駐車場を出た。助手席に本庄がいないというだけで不安感が段違いだった。

まずはマルコウに行くことにした。何度か車を運転して行っているし、大北はすでに顔なじみだ。

ハンドルを握る手を汗でびっしょりにしてマルコウに着いた。接着剤売り場に行こうとして思い直した。まずは、各売り場を見て歩こう。何か気づくことがあるかもしれない。

　木材売り場の木工用接着剤は、順調にはけている様子だった。模型売り場でも、以前よりは商品が動いている感じがする。手芸用品売り場のドールもまだ健在だった。

　接着剤売り場に移動して、大北を探した。

「おや、今日は一人？」

　狐顔の大北が啓太を見て、目を丸くした。「本庄のダンナは、休みかい？」

「いえ、今後は私が一人で回らせていただきます」

「なんだ、本庄さん、来ないの？」

　大北は、残念そうな顔をした。馴染みの営業から新人に替わるというのは、売り場担当者にしてみれば、迷惑な話に違いない。だが、啓太としてもいつまでも半人前でいるわけにはいかない。

　名刺を取り出して言った。

「丸橋といいます。今後ともよろしくお願いします」

「はい、よろしくね」

　大北はろくに見ずに名刺をエプロンのポケットにしまった。営業マンはこれくらいのことで落ち込んではいられない。

「ご用の節には、何なりと、私にお申し付けください」

「いまさらそういう営業トークはいいよ」

大北はそう言うが、本庄からは型どおりやれと言われている。あくまでも本庄の言いつけを守るつもりだった。

「それよりさ」

大北が言った。「スナマチさん、危ないところだったんだろう？　もう少しでスリーマークに買収されるところだったそうじゃない」

「私たちは、何も心配していませんでした。スナマチは堅実な会社ですから……」

「新製品の合成グリス？　あれ、話題になってるよね」

「おかげさまで……」

「パソコンの自作や改造に使うんだろう？」

「ええ。CPUにファンクーラーを装着するときに必要なんです」

「うちも入れておこうかな……」

「でも、パソコンのパーツなんて扱ってないでしょう？」

「何だよ、注文するってんだからいいだろう」

「ええ、そりゃあもちろん……。でも、不良在庫になると困るでしょう……」

「欲がないな。少しは本庄のダンナを見習わないとな」

「あの人は特別なんです」

「どこに需要があるかわからない。俺たちも勉強したって言っただろう。ＣＰＵを交換したりするときに必要なものだろう？　そういうパネルを作って並べておくよ」

「ありがとうございます」

「だけど、試験的に入れるだけだから、ほんの少しだよ。もう十倍の納品なんて絶対に認めないからね」

「わかっております」

「水糊と木工用、順調だよ。また売り上げが伸びた。この分だと早晩ほんとうに注文の十倍、はけちゃうな……。スナマチ、恐るべしだよ」

初めて一人で注文が取れた。しかも、もともと啓太の発案で作られた製品だ。気分がよかった。

帰り道も、冷や汗をたっぷりかいて、なんとか事故も起こさず会社にもどって来られた。営業車を駐車場に入れて、裏口からエレベーターホールに向かうと、天井の蛍光灯を取り替えている人が眼に入った。

清掃員の作業服で脚立の上に昇っている。啓太は、歩み寄って脚立を押さえた。

「社長……」

両手を差し上げたまま、園山社長は下を見た。

「おう、営業の新人さんだね。たしか、名前は丸橋……」

「たいへんそうですね。僕、やりましょうか？」

「手伝ってくれるかい？　ほんのちょっと背が足りなくてな……」

啓太は、蛍光灯を受け取り、脚立を降りる社長に手を貸した。代わって脚立に昇る。

作業はすぐに終わった。

「やっぱり最近の若い人は背が高くていいね」

「一つうかがってよろしいですか？」

「かまわないよ」

「どうして、清掃員の恰好で窓ふきをやられたり、蛍光灯を取り替えたりなさってるんですか？」

「これは、おいらの趣味なんだ」

「趣味ですか？」

「先々代のじいさんがね、いつも言ってた。自分の働くところは自分の手できれいにするもんだってね。じいさんってのはさ、糊作りの職人だったんだ」

「よくわかりました」

社長は、脚立を片付け、それを右肩に担ぎ、古い蛍光灯を左手に持つと、歩き去ろうとした。ふと立ち止まり、社長は啓太に尋ねた。

「糊、好きかい？」

啓太はこたえた。

「はい。好きです」

園山社長は、にっこりと笑うと悠々と歩き去った。その後ろ姿に啓太は頭を下げていた。

文庫版あとがき

世の中に必要不可欠なものと、不必要なものの差というのは何だろう。突き詰めて考えれば考えるほど、わからなくなる。

また、役に立つものと役に立たないものの差は何だろう。それも、実に曖昧だ。

切れないはさみ。

穴のあいた柄杓《ひしゃく》。

どうしても開かない瓶の蓋。

そして、くっつかない接着剤。

もし、絶対にくっつかない接着剤があったら、どうなるだろう。くっつかないのに、接着剤と言えるのだろうか。物語を考えた発端は、そんなことだった。

メーカーが接着剤を作ろうとしていたのだから、いくらくっつかなくても、それは接着剤と呼ぶべきなのだ。そして、企業の論理とは厳しいもので、少なからぬ開発費を投じたのだから、必ず何とか回収しなければならない。

作品の中でも紹介したが、今では誰もが使っている糊付き付箋、あれは、当初は欠陥商品だったのだそうだ。

接着力が弱すぎて糊としては使えない。でも、それが、貼ってはがしてまた貼れるという商品として開花したのだ。発想の転換だ。

また、スティック糊が一番売れたのは、ルーズソックス全盛の時代だというのも面白い話だった。

靴下止め専用の糊が高いので、高校生たちは普通のスティック糊を使っていたのだそうだ。

世の中、なんだか不景気な話ばかりだ。たまには、こんな小説があってもいいんじゃないでしょうか。

平成二一年一二月

今野　敏

本書は『膠着』（二〇一〇年一月刊、中公文庫）に、サブタイトルをつけた新装版です。

中公文庫

新装版《しんそうばん》
膠《こう》　着《ちゃく》
──スナマチ株式会社《かぶしきがいしゃ》奮闘《ふんとう》記《き》

2020年1月25日　初版発行

著　者　今《こん》　野《の》　敏《びん》

発行者　松田陽三

発行所　中央公論新社
〒100-8152　東京都千代田区大手町1-7-1
電話　販売 03-5299-1730　編集 03-5299-1890
URL http://www.chuko.co.jp/

DTP　嵐下英治
印　刷　三晃印刷
製　本　小泉製本

Published by CHUOKORON-SHINSHA, INC.
Printed in Japan　ISBN978-4-12-206820-9 C1193

各書目の下段の数字はISBNコードです。978－4－12が省略してあります。

中公文庫既刊より

こ-40-23
任侠書房
今野　敏
日村が代貸を務める阿岐本組は今時珍しく任侠道を弁えたヤクザ。その組長が、倒産寸前の出版社経営を引き受け……。『とせい』改題。「任侠」シリーズ第一弾。
206174-3

こ-40-19
任侠学園
今野　敏
「生徒はみな舎弟だ!」荒廃した私立高校を「任侠」で再建すべく、人情味あふれるヤクザたちが奔走する!「任侠」シリーズ第二弾。〈解説〉西上心太
205584-1

こ-40-22
任侠病院
今野　敏
今度の舞台は病院!? 世のため人のため、阿岐本雄蔵率いる阿岐本組が、病院の再建に手を出した。大人気「任侠」シリーズ第三弾。〈解説〉関口苑生
206166-8

こ-40-27
慎治　新装版
今野　敏
同級生の執拗ないじめで、万引きを犯し、自殺まで思い詰める慎治。それを目撃した担当教師は彼を見知らぬ新しい世界に誘う。今、慎治の再生が始まる!
206404-1

こ-40-16
切り札　トランプ・フォース
今野　敏
対テロ国際特殊部隊「トランプ・フォース」に加わった元商社マン、佐竹竜。なぜ、いかにして彼はその生き方を選んだか。男の覚悟を描く重量級バトル・アクション第一弾。
205351-9

こ-40-17
戦場　トランプ・フォース
今野　敏
中央アメリカの軍事国家・マヌエリアで、日本商社の支社長が誘拐された。トランプ・フォースが救出に向かうが、密林の奥には思わぬ陰謀が!? シリーズ第二弾。
205361-8

こ-40-24
新装版　触　発　警視庁捜査一課・碓氷弘一1
今野　敏
朝八時、霞ヶ関駅で爆弾テロが発生、死傷者三百名を超える大惨事に！　内閣危機管理対策室は、捜査本部に一人の男を送り込んだ。「碓氷弘一」シリーズ第一弾、新装改版。
206254-2